遲開的茉莉

鍾梅音 著

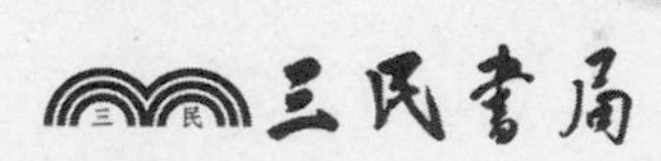

國家圖書館出版品預行編目資料

遲開的茉莉／鍾梅音著.－－四版一刷.－－臺北市：
三民，2008
面；　公分.－－(人文叢書.文學類8)

ISBN 978-957-14-4966-1　(平裝)

857.63　　96022180

© 遲開的茉莉

著作人	鍾梅音
發行人	劉振強
著作財產權人	三民書局股份有限公司
發行所	三民書局股份有限公司 地址　臺北市復興北路386號 電話　(02)25006600 郵撥帳號　0009998-5
門市部	(復北店) 臺北市復興北路386號 (重南店) 臺北市重慶南路一段61號
出版日期	初版一刷　1957年12月 四版一刷　2008年1月
編號	S 850300
定價	新臺幣120元

行政院新聞局登記證局版臺業字第〇二〇〇號

ISBN 978-957-14-4966-1 (平裝)

http://www.sanmin.com.tw 三民網路書店

再版說明

《遲開的茉莉》是鍾梅音女士唯一的短篇小說集，向來以散文見長的她，偶有零星的小說發表於文藝期刊上，諸多出版社向其力邀小說書稿皆未能如願。民國四十六年，本局有幸蒙鍾女士信任青睞，將稿件委付本局出版，當時此書甫出版，便獲得讀者廣泛的迴響。

鍾梅音女士自幼極具宿慧，雖因哮喘痼疾使其無法接受完善的小學教育，只能在家自學，但其父親、外祖父所傳授的國學知識，仍為她的文才奠定了良好基礎。

鍾女士一生與病魔纏鬥不休，常人若身負沉疴，往往容易喪失力量與希望，她卻不然，反在創作及人生規劃上展現更活躍的生命力。寫作之外她學畫、主持節目、編輯書本、體驗生活，兼顧家庭與事業。及至晚年病況甚危之際，她仍堅持透過口述，由其夫婿代筆，完成生命中最後一篇散文；更以推己及人之胸懷，促使其夫婿推動慈光療養中心的建設，遺愛人間。所謂文如其人，其作品也因之處處流露出對生命的禮讚以及面對人生的勇氣。

作者雖曾自謙《遲開的茉莉》是未成熟的作品，但這本小說依舊貫徹著鍾女士終生秉持的純善信念，故事中每個主人翁都有其需要面臨的挑戰與難題，可能是愛情、親情，也可能是對於未知人生的惶惶然，他們站在試煉之前卻能哀而無怨，展現汪洋似的胸襟與清明的心志，鍾梅音女士在《遲開的茉莉》中寫出人性的不安與弱點，同時也自中焠鍊出世代不移的人性光輝，療癒失望、孤寂的傷口。

本書除了恆遠的文學意義外，還深具文獻價值，舊版本由於開本、字級較小，不利閱讀，適逢再版之際，特予重新編排，以饗讀者。

三民書局編輯部　謹識

序言

邊閭的茉莉是值得欣賞的一部短篇小說集，因為這是人性的表現，流露出人性優美的部份。

作者鍾梅音女士能領略自然的美，更能體會人性的美。她是能作畫的人，所以描寫自然的風景常現出畫家有色調却是很雅潔的筆觸；她是讀了解生命意義的人，所以她常以畫家精妙的筆觸，想去觸到生命的秘奧。

在短篇小說裏，自然沒有長江大河般的波

闊壯闊，也沒有崑崙積石般的奇峯突起；美是文章的風格常在有心無意中反映出作者的風格，自然那也不是作者本人的風格。可是陶靖節假託的桃花源記，自有其醇樸恬淡的真趣；柳子厚小記中的一邱一壑，也自有其清幽窈曲的意境。懸崖飛瀑誠扶天際風雷，幽壑鳴泉，也於月下松間，奏出清新悠揚的調子。

羅家倫

民國四十六年十二月三日，台北

遲開的茉莉

目次

好日子

坐在這寬敞的遊廊上，視線穿過垂著無數黃金小喇叭似的忍冬花架，可以望見淡淡的如眉遠山，和山上那層迷濛的乳色霧氣。初冬的暖風吹來，帶著原野的芳馨，一切仍似暮春時節……

我舒服地伸一下懶腰，讓自己索性閉著眼睛靠在這把又寬又軟的籐椅上，讓明媚的陽光撫摩著我的雙腳。女主人太能幹了，把居處佈置得這樣可愛，使我真想就在這兒小住下來。

一聲鳥叫，我不禁又睜開眼睛。山上的霧氣已經消失，天色越發藍得像寶石，這使我想起一個地方，是圓山的動物園，三年前的暮春時節，我與家楨常去的所在。

我與家楨雖然都是三十歲左右的人了，但由於彼此相處時很容易引起童年的回憶和心情，因此我們仍像孩子似的喜歡看猴子、看鳥；不僅看，還要買些東西餵牠們，就這樣餵餵逗逗，笑笑談談，有時甚至帶著三明治在動物園中消磨竟日。

在那巨大的拱形鐵絲網上，碧空如洗，正像此刻的天色。我們攜手併肩站在一起，無猜無慮地欣賞一切，當人們投過來羨慕的眼神，從那眼神中，我發現我們的內心是這樣充滿著愛悅，世界是

如此完整，如此值得依戀，彷彿一切都是為我們而存在，並且為我們祝福。

家楨在航空站工作，有時很輕鬆；我卻在一所公立醫院裡服務，經常忙碌。但我們只要有空閒，不管是一天或半天，總一同來到這動物園中渡過我們共有的時光。

我們極少看電影，也不大坐咖啡館，獨愛遠離擾攘的市廛，來到郊外領略這份鬧中取靜的自然天趣。當我們看厭了猴子與鳥兒，便到冷飲室裡去喝沙士，坐在那依山而築的小樓上，遙望臺北去淡水的火車穿過鐵橋，拖著一縷白煙在綠野中冉冉而過。

也有時我們相倚相偎地坐在山坡上，聽悠揚的音樂在樹林間迴盪，從一彎枝椏的空隙裡，我們可以遙遙望見煙水空濛的淡水港灣，彷彿靜靜地安臥在美人的玉腕間，此境此情，往往挑起我們一種想做詩的衝動，可是結果誰也沒做，因為我從來不做詩，而他說他已滿足於幸福之中，人在幸福中是與創造無緣的。

我與家楨曾在小學同學，他比我高一班，我們都是各人所屬那班的作文佼佼者，出於好奇與好勝的心理，我們時常私下裡偷偷地溜到教務室中，互相偷看對方的作文簿。偶然撞見時，他總是一笑，那彎彎的嘴角，掛著善意的揶揄，令人又羞又惱；可是當我發現他也正在偷看我的作文時，我也帶著三分厭惡七分快意地笑了。

以後在放學回家的路上，我們在一起玩過，笑過，談過，也吵過。有一次，為了一個在今日想來非常可笑的問題，我們鄭重其事地爭得面紅耳赤，終於鬧翻了。這一鬧，誰也不肯再向誰低頭，我明知自己輸了，但只從心底佩服他，直到他畢業，我們還是繃住面孔分了手，曾無些微惜別之意。

在校時我們的老師都曾預言，家楨與我日後將在文學上有些成就。可是闊別多年，當我們再相遇於寶島，他卻成了航空站的技正，而我是內科醫生，唯一和我們當年那點文才相同的是，我們都錯過了結婚的年齡。

逾齡不婚的男女常是因為理想與現實的距離太遠，挑來揀去總不合意的緣故，譬如我與家楨。記得我們相逢，是在醫院的急診室裡，那時家楨正在昏迷的高熱之中。起先我沒注意病歷上的姓名，只在初步診察之下，斷為急性肺炎而必須住院。

直到他的朋友們把他安頓妥當，實習大夫與護士把一切病房中應做的檢查工作都做完了，應該注射與服用的藥品也給過了，我從門診部來到病房時，他仍在昏迷中，我再拿起病歷細看，才發現這姓名對我是如此熟悉——儘管已經闊別多年，可是對女人來說，有些名字終身都不會忘記。

我不禁抬起眼來又看了他一下，因為高熱之故，兩頰通紅，眼睛痛苦地閉住，眉尖微蹙，已找不出兒時頑皮的面目了。我再看有關他職業與住址的記載，心裡更發生種種遐想：究竟是不是他呢？抑是同名同姓的另一個人呢？怎麼沒有太太送他入院呢？他結過婚嗎？……

想到這兒，我忽然覺得自己真是可笑，於是不願再想下去，但仍不禁走向床前去摸摸他的脈搏，跳得很急，但還有力。

大約只因為他名字叫「王家楨」吧？雖然對於任何病人，我向來儘我所能的悉心醫治，但我不否認對於這個病人確曾付出了更多的關切。二十小時以後，他高熱漸退，神志也漸清醒，治療經過非常的順利。

第四天黃昏我去作例行的巡視，問過起居之後，我拿起病歷來看，他忽然說道：「吳大夫，從我恢復知覺以後，有好幾位大夫來看過我了，這個敲敲，那個聽聽，到底我是那位大夫的病人？」

「你是我的病人。」我眼睛看著病歷，心不在焉地回答。

這話難道不是事實嗎？難道不是很平常嗎？但我驀地覺得自己連耳根燒了起來，心也在跳。人們常會不滿意自己，但沒有比此刻的我更不滿意我自己了。不知是否他也覺察了，他似無意，又似為我解脫，彎起嘴角一笑：「哦，所以您要比別的大夫多看我兩趟了。」

這真是越描越黑！但那彎彎的嘴角，微笑的眼神，使我清晰地想起他兒時的笑貌，不禁怔住了，也隨即驚覺了，便岔開去問道：「王先生，飲食怎麼樣？有胃口嗎？」

「剛才不是已經說過了嗎？餓得緊，想吃乾飯。」

「好，明天先給你換半流質。」

我在病歷上寫明之後，跟他禮貌地點點頭，惟恐被他發現我在偷看作文簿似的逃了出去。

幾天以來的接觸，使我從直覺上已確定他就是我當年作文的死對頭，想不到我們是這樣遇見，真是人生何處不相逢？

但我不知自己由於甚麼心理，不肯設法與他相認？也許從那時起，我已有些喜歡他了，只是我要把真實的自己隱藏起來，讓我從暗中觀察他，琢磨他。

我從未見有女客來看過他，也許他還不曾結婚，也許他已結婚而太太在大陸，也許他有女友而只是不曾被我撞見……誰知道呢？但我不想浪費感情是實，如果全不是我所希望的那麼回事，我們何妨就在不知不覺中相遇，又在不知不覺中離開，彷彿行雲在水面上掠過，只投下一片影子，連痕跡都不曾留下，這樣的人生或者並不可愛，但是很美。

第五天黃昏，他一見我走進病室就坐了起來，我要他披上衣服，當心又著涼，他披上之後，鬧著要吃乾飯，我說最好再吃一天半流質，他道：「你不給我改乾飯也不成話，吳大夫，我已經吃過辣子炒雞丁了。」

「辣子炒雞丁？你那兒來的辣子炒雞丁？」話已出口，我才發覺措辭失當。

「飯館裡買的，嘿嘿！」

我莫名其妙地好像輕鬆些了，但仍有些不快，一個醫生最光火的事，便是病人不肯與她合作，而致延長了恢復健康的時間。

「下次不能這樣了，王先生，病人應當服從醫生的忠告。」我一本正經的說。

「但我覺得吃過辣子炒雞丁以後精神就好多了，湖南人一天不吃辣椒不能過日子，只有我最清楚我自己，吳大夫。」

我有一點被損及尊嚴的惱怒，他竟是這樣蔑視醫生的意見！於是我又說道：「很對，沒有人比

自己更清楚他自己，不過現在究竟是我在給你看病呢？還是你在給我看病呢？」

我不擬更改我的命令，也不擬聽取他的答覆，說完之後，便將病歷掛回床架，轉身就走；但我的一隻腳還未跨出門檻，便又不得不縮了回來，因為我聽見了一句最可怕的話——

「都是。正像我們小時候互相看作文簿一樣。」

我身子還向著房門，卻忍不住回過頭來看看。那彎彎的嘴角，又掛上了善意的揶揄。這笑容是如此甜蜜，如此動人，我奇怪當我們青梅竹馬的日子竟不曾有過初戀。

但在目前我卻手足無措，不知自己應當笑，還是應當嗔，遲疑片刻，最後權借剛才爭執的題目下臺：「好，我給你改乾飯。」

我走向病床取病歷。

「不要改了，老實告訴你，我是個最聽話的病人，我沒有吃辣子雞丁。」

「那你剛才為甚麼胡說八道呢？」我又惱了。

「不打不相識呀！」

「可惡！」

家楨還是頑皮如昔，我真奈何他不得，只好跟他輕聲說道：「這兒不是我們談話的地方，以後再談吧。」

我剛出去，便與量體溫的護士小姐幾乎撞個滿懷。

這晚回到宿舍以後，只覺心血奔湧，很久不得安寧。我一直在暗中琢磨別人，結果自己早被別人先琢磨了去。我明知別人也可能會認出我來，可是無論甚麼事，只要不拆穿，儘可以裝糊塗，一攤牌就嚴重起來了，以後我們又將如何呢？……時光能夠倒流嗎？……

我不是宿命論者，但我與家楨好像註定了要墜入情網，從相遇就這樣充滿了羅曼蒂克的意味。

家楨住院十天就出院，以後他來看過我，我也去看過他，宿舍的房子倒不壞，但只有一間，又髒又亂，進門之後，我簡直不知道我應該坐在甚麼地方是好。

「就在這寶座上委屈一下吧，」他把書桌前那張安樂椅上的衣物挪開道：「你是醫生，瞧，一切都不合衛生條件，是嗎？」

我就喜歡他這份瀟灑，似乎在任何境況之下他都不會受到窘迫，反而是我覺得無話可答。我看著桌上，居然還有許多線裝書，和一些機械手冊，熱工學之類的洋裝書夾七雜八地堆在一起；此外還有信紙、郵票，發霉的漿糊，打破的硯臺等等，唯一給人以清潔整齊之感的是那塊玻璃墊，在那墊上壓著許多照片。

「這張照片真漂亮，誰呀？」我指著一張半身女像，漂亮確是由衷之言，只是像中人的眉宇間彷彿有不勝幽怨的神情，大概身體不十分健康。

「一位朋友。」他頓了一下，又道：「我跟她戀愛過，都論婚娶了，又因為種種原因，吹了。」

「不能挽回嗎？」

「不想挽回了。」

「為甚麼?」

「現在不想告訴你，但以後你就會知道。」他深深地看了我一眼。

我連忙把視線移開，躲過了他的探索，喃喃說道：「不過，能夠挽回還是想辦法挽回吧……感情能夠發展到論婚娶，也不是一早一晚的事了。」

這句話，毋寧妒嫉的成份多些。在病人的眼睛裡，我是希望與堅強的化身，可是現在我發現我竟是這樣的脆弱。

像從一個夢境裡跌將出來，舉手投足，彷彿甚麼都不對勁了，就這樣，我乏味地結束了這次的訪問。

可是幾天之後當我們再見時，甚麼照片、漂亮、婚娶、挽回……等等字眼都已無影無蹤，我們所知道的，只是珍惜這應當儘情讚美的今天。

幸福之來，常恨太晚，每當我們想起兒時吵架的事，不禁啞然失笑，自歎是天下第一等笨伯，這使我們虛耗了半輩子的生命。

然而不久之後，我發現那照片中的小姐和家楨一直還有來往，她以百般的忍耐寬容，等候家楨回心轉意。

「除了愛情，我們應當還有友誼。」家楨解釋著。

「但誰能操縱感情這匹野馬呢？只要不斷絕來往，有一天友誼仍會變成愛情。」我打趣他，心卻沉了下去，因為我不能想像假如真會成為事實，我將何以自處？

我與家楨之間從此多事，疑慮、猜忌、分辯、勸慰，成了我們約會中的主要節目。雖然每次在表面上都恢復了平靜，暗裡的逆流卻日漸高漲。在我心目中，愛只是愛，不是施捨，也無所謂犧牲，當它必須借重「海誓山盟」時，已經一切都走樣了。

「家楨，她會勝利的。」有一次我終於這樣說，內心懷著極端的不安。

「決不！」

「若我不嫁你呢？」我確在這麼打算了，在感情上，我是個耍不起的人。

「當然我還要結婚。」

「這不就對了嗎？」我幾乎要哭，也許，我們不免會有第二次的吵架，然後又分開。

我要哭，不為可能失去家楨，而是為自己忽然變得這般可鄙，為甚麼我要和一個女人去搶奪一個男人呢？在平時，我是個受人尊敬的好同事，好朋友，好醫生，如何一墜入戀愛，就變成這樣無能、這樣偏狹、這樣荒謬，甚至常被一些原始的人性弱點所控制呢？

「棣華，難道你不知道我的個性嗎？我不會走回頭路的。若你不肯嫁我，當然有一天我還要結婚，不過結婚之前，一定仍要前來徵求你的同意，這人也許比她好，也許不如她，但決不會是她！」

家楨是這樣令人為他傾心！他不虛假，如果虛假，他儘可用美麗的謊言欺騙我，說他準備為我

終身不娶之類，但他又是如此一往情深。

「謝謝你，但願我能有這樣的雅量。」

我真哭了。

家楨可愛，可愛在一個「真」；家楨可恨，也可恨在一個「真」。他說，他在那位小姐的心目中是「鬼」，在我心目中卻是「神」，但他既不是鬼，也不是神，他只是一個「人」，他要我接受這現實的真面目。

惟其因為他只是一個「人」，而且是非常人性的人，我知道我不是那位小姐的對手，家楨會投降的。雖然論學問，論才情，論儀表，我和那位小姐都不相上下，但她除了比我小兩歲，還擁有一樁我所沒有的更大的財富：忍耐與寬容。

似乎我已知道美並不存在於現實中，正如我與家楨不可能儘在那動物園中消磨我們共有的時光。家楨多情，卻未必鍾情。從這份殘缺的愛，已經預見我們的結合不會幸福。為了保持我的尊嚴，更為了讓我留給家楨一個完美的印象，我決定從這片愛情的角逐場上作主動的撤退了。

漸漸地，我與家楨就疏遠了，雖然家楨仍舊常來看我，但我總是藉故躲避。每躲過一次，我內心的創痛就深似一次，我彷彿看見另一個自己，正提著一把利刃，在我的心上一刀一刀地割著……

有時我簡直後悔不該這樣糟踏自己，當我實在受不了時，就獨自溜到圓山去追尋暮春時節的夢痕，天色依舊是那麼藍，可是落葉已經印滿山徑。

從歡樂的邊緣，踏進可怕的空虛，我永遠不願再追憶這血淚糢糊的感受，我要忘了它。然而我雖忙碌，內心卻異樣的寂寞；我能為別人解除肉體的痛苦，但無人能挽救我心靈的浩劫。日子就在寂寞與哀傷裡面度過，除了悽楚的呻吟，憂愁的告訴，白色的病床，成疊的病歷，似乎世界的一切都隨著家楨遠離我了。

若不是我還清晰地記住自己的責任，可能我早已迷失了自己。但若我能再做一次夢，我將禱告上蒼，永遠永遠不要讓我醒來，一醒就甚麼都完了！夢醒，實在遠比無夢難堪。

又是兩個花團錦簇的春天過去了，我卻愈來愈憔悴，我已與我的事業結了婚。

家楨的喜訊終於來了，他真來看我，可是半天不肯說出新娘的名字。

「讓我賀你，家楨！」我握著他的手道：「我已知道新娘是誰，但我相信她比我更適於做一個好妻子。」

「原諒我的失信，你那不吃人間煙火的理想不能放低一點嗎？也算等了整整兩年呢。」

「很抱歉，耽誤了你的好日子！」

除此之外，任何語言都覺多餘，世上如果真有一剎便是永恆，應當屬於這片刻的默契。

當我們分別時，淚眼相看，家楨強裝笑容道：「這番不會像小時候一樣，又從此不理我了吧？」

「大概不會了！」我也含淚笑答。

這是半年之前的事，家楨第二天便去了臺中，在臺中工作，結婚，並且安家。

「你衣裳穿得太單薄了，早晨這遊廊上很涼呢。」

是家楨的聲音打斷了我的思緒，那彎彎嘴角，微笑依然這麼親切動人。他手上拿著一條毛毯，為我輕輕覆在身上。

「不，不要！」我非常的窘迫，為這溫存已不再應當歸我享有，「你不是在給太太幫忙嗎？怎麼有工夫到這兒來？」

「她說我越幫越忙，礙手礙腳，不如出來陪陪客人。」

我已決定午後趕搭南下的火車，遊目四顧這清潔而又美麗的小庭園，不禁笑道：「還記得以前那間又髒又亂的宿舍嗎？這好日子早該來的，可是竟遲來了兩年。」

「所以古人說好事多磨呀。」那善意的揶揄又掛上了嘴角。

「可惡！」

路

夢淇正坐在窗下為美莉織一件絨線衣，忽聽得牆外吵吵鬧鬧。

她原懶得管閒事，這一向，她連自己的事情都懶得管，可是那聲音是那麼熟悉，小吳的太太，一個聰明伶俐的少婦，不知跟她丈夫正在爭些甚麼，她便拿起織了又拆，拆了又織的活計，走到門外去張望。

「林太太，你倒給我評個理，」小吳太太氣咻咻地向著夢淇：「女人找個合適的職業多難，我閒在家裡，實在不慣，託朋友好容易在松山紗廠裡找了一個管理員的位置，這事情別人鑽都鑽不到，承了幾頭的情，而且我每個禮拜可以回來，又不是一去不返，也不是當甚麼酒家女……」

「你倒越說越好聽了，管理員又有甚麼了不得？林太太放著處長都不做。」小吳乾脆把太太的話攔腰截斷，「誰像你，就愛出風頭，三天不晾出去，就蹩得慌！」

小吳的太太流淚了，但仍倔強地提著皮箱往前走去，小吳給她夾著被包一路拉拉扯扯，好說歹說，糾纏不清，剩下夢淇茫然若失地立在門前。

亞熱帶初冬的太陽晒在頭上，依然熱得難耐，但夢淇這一向已習慣了，不管是餘威猶在的炎日也好，陰寒澈骨的冷雨也好，她就能呆瞪瞪地一站一二小時，想得很多，或者可以說甚麼都沒想。

她有時候覺得從前男人對付女人的「愚民政策」毋寧是兩全其美的，她真羨慕對門那位童主任的太太，滿臉福相，帶著三個白白胖胖的孩子，與丈夫情好不減新婚，夫唱婦隨，自得其樂。聰明對於女人的確不是甚麼好事，聰明而又加上甚麼抱負更是自尋煩惱，就像她自己的丈夫紹全，假如除她之外，娶上任何一個女人，他都將是個標準的丈夫。

他原是讀化學工程的，現在辦了一個肥皂廠，這肥皂廠規模雖小，營業卻非常發達，他有足夠的錢去供一個女人揮霍，也有著很漂亮的儀表，他孝順父母，摯愛妻兒，還有一副很隨和的好性情。

是誰家的收音機裡響起了「米奴哀舞曲」？那輕柔曼妙的夢樣曲調，又把她拉回少女時代。

在教會中讀書的女孩，幾乎個個都能彈得一手好鋼琴，她家裡沒有鋼琴，卻常到紹全家裡去借用。至今一聽見「米奴哀舞曲」，就挑起她一種想做詩的情感，那是她常彈的調子，她恨她不會做詩，也恨自己為何到後來讀了經濟。

那是多麼令人神往的日子，她帶著滿臉驕傲的微笑，尖尖十指輕捷地滑過琴鍵，隨著指尖起處，響起那輕柔曼妙的夢樣曲調，紹全倚在琴旁，帶著無限愛慕地眼神望著她。

在那如花的生命裡，她只知人生充滿希望，充滿幸福，誰說不呢？她不但享有了紹全全心的愛，也享有了紹全母親全心的愛，結婚以來，紹全的母親一直幫她理家務、帶孩子。到如今，她自己也已三十多歲了，可是紹全母親難得喚她一聲「夢淇」，總是兒呀這個，兒呀那個。

也許紹全母親假如跟夢淇做了死對頭，讓夢淇在這家庭裡脫不了身，命運也就改觀。偏偏夢淇就因此挪出工夫到社會上去服務。假如她在那事業機構裡本本份份做個會計課長也就罷了，偏偏她又精明幹練，受到上司的器重而升了會計處的副處長。副處長本來也沒甚麼值得大驚小怪，問題只在她不該是個女人。

夢淇在事業上有了抬頭的機會，在家庭裡卻漸漸走向厄運，對女人來說，往往是「事業從大門口進來，愛情從窗戶裡飛去。」她從此必須以十倍的忍耐來應付丈夫，她發現同樣是鬧點小彆扭，或是互相調侃一番，在從前紹全認為她是「撒嬌」「有趣」，而更愛她，現在卻說：「好呀，你從臺北回來見我是一次比一次不順眼了，你現在是處長啦，既清高，交遊又廣，而且有地位，於是眼珠也大了，已經瞧不起我這滿身銅臭的小商人了……」

夢淇傷心地想，是甚麼使一個本來熱情風趣的紹全，變得如此寒酸可憎呢？假如她的過失只是不該做一個副處長，她寧願辭職，至少在她看來，一個女人若不能享有天倫之樂，一切奮鬥都無意義。但是她又怎能甘心呢？作為一個現代的女人，天倫之樂也已不能填滿她整個人生的空虛了，她有過抱負，為這抱負嘗過十年寒窗的滋味，還一度去新大陸留學；她也有才具，事實告訴她自己，她應付眼前的職務是游刃有餘的。

有時她也想到丈夫的心理，可能是因為「唯我獨尊」的時代已經過去，他對眼前的遭遇感到陌生。但她敢對天發誓，她仍愛著她的丈夫，儘管她在物質上不必倚靠她的丈夫，在感情上她卻十足是個弱者，她不能沒有他。人生的途程有時極坎坷，這些年了，他倆是一直相依為命的呵，然而昔日溫柔體貼的紹全到那裡去了？她常常失望地自問，感到萬分的惶惑，苦痛。

為了維繫她與丈夫的感情，她除極力忍耐之外，對自己的私生活特別檢點，除了社交上的必要，也難得涉足歡樂場中，尤其是事業、地位，都不容許她隨隨便便，她就經常讓寂寞來打發每一個黃昏，倒是靜靜的研讀，使她學問日有進境，公餘之暇，還有學術性的著作問世。

一天，她偶然因事回家，紹全母親對她幾次欲語又止的樣子。

「我說，兒呀！」紹全母親終於開口了：「雖然現在時代是不同了，講究男女平等了，遇著你又是滿腹經綸，但我總覺得紹全也沒虧待你，不愁吃、不愁穿，你何必放著現成的福不享，一定要每星期六天耽在外面呢？」

「媽，有甚麼事嗎？」她忍不住先這麼問，以為是那個孩子闖了禍：「美莉跟囝囝呢？」

「哦，也沒甚麼，美莉跟囝囝到童家玩去了，我看你這樣辛苦，真是何必，不過說說罷了。」

「那麼紹全呢？」她無心地問。

「應酬去了，不知那兒的飯局。」老人家別過頭去，喚阿珍打洗臉水給少奶奶。

晚飯以後，美莉纏著夢淇去看「真假美王子」。

「等爸爸回來，明天一塊去罷。」夢淇從來不曾單獨帶著孩子出遊，總是紹全抱著囝囝，她自已牽著美莉，興致盎然地去逛街、串門子、看電影。雖然，這些似乎都是很久以前的事了，夫婦失歡，使許多身旁瑣事都看來不同了。

「媽！今天是最後一天了，同學都說好看得不得了，你不去，我就一個人去。」美莉撅著小嘴，把一雙辮子一搖，她只得帶她去了，遲了一步，進場時已經漆黑，正在唱國歌。

女人的第六感真是不可思議的，她明明專心在看電影，怎麼就能發現前兩排的那對情侶，男的竟像她的丈夫？心驟然給提了起來，但理智又立刻警告她：「別這樣瞎冤枉人，這思想是罪惡的，紹全不是一直全心愛著你嗎？他是那樣忠誠、敦厚，這一向雖然有些尖酸，小裡小器，也不過是他怕你不愛他罷了，他又怎會不愛你呢？」

她恢復了平靜，但仍舊忍不住要去注意那對情侶，他倆靠得那麼緊、那麼熱，從那頭上一堆蕩婦髻，她發現女的是許小姐——衛生院的護士，慣愛奇形怪狀地打扮，顯得與眾不同似的。雖然三十多歲了，卻一直驕縱成性，半月前剛與丈夫離了婚，容貌很醜，那眼角上兩束過早的魚尾紋，正是耽於色慾的象徵，不知那個倒霉鬼被她釣上了。

她愈加坦然，並且暗笑自己簡直是神經過敏，紹全的眼光一向很高，誰都不在他眼裡，他就是要胡鬧也該找個像樣的人，又怎會找上許小姐這樣的落腳貨呢？正這麼想時，片子斷了，而且好一會兒不曾接上，人聲嗡嗡起來。

「我的美王子，別損人了！我那有林太太那樣漂亮呢？她又那麼能幹。」許小姐那濃濁的迷人的鼻音，忽然幽幽傳進她的耳朵，天呀，大概是另外一個林太太吧？否則她跟她又怎麼牽扯得上呢？可是天下的事常是如此的，不必解說，不必揭曉，直覺反能很快給人以正確的答案，夢淇緊握的手心立刻印出了冷汗。

「她？就是一肚子學問害了她。」紹全的聲音便蒙在鼓裡她也聽得出：「別提她了，我以為只有你才能使一個男人感到自己生存的價值和幸福。」

夢淇只覺末日已至，渾身發抖，她實在支持不下去了，她想走上前去給紹全與許小姐每人一記耳光，但她所受的教育不許她這麼做，只得拉著美莉虛弱地說：「孩子，媽病了，不行了，先回去吧。」

「呀，媽的手好冰冷呀！」美莉叫了起來，夢淇急忙掩住她那張小嘴，腳不著地的回到家中。

她不知那夜是怎麼過的，躺在床上，腦子裡像一片空白，竭力要想點甚麼，卻只斷斷續續閃過「漂亮」「能幹」「學問」「幸福」「價值」「男人」……這些字眼，任是如何都連貫不起來。

過了不知多久，她的思想才像一隻無人操縱的小船攏了岸，她想起像紹全這樣一個忠誠、敦厚、孝順父母、摯愛妻兒的人，如何會做這樣的事呢？而且是跟那樣的女人？這太不可能了，假如可能，連草繩都會變成四腳蛇了！但事實分明清清楚楚，這也許不是一早一晚就釀成的，她太疏忽了，或許她也有錯處，錯處在她不該出去做甚麼處長。在錫婚紀念的宴會上，誰不羨慕她與紹全是天生的一對璧人，並且為他倆今後婚姻的康莊大道乾杯？大家都認為離婚的危機只在婚後的三五年內，過了十年就一帆風順，前程無限。

她又想她那一點不如許小姐呢？她做夢也沒想到許小姐會成為她幸福上的威脅，讓她闖進她的生活中來，託她幫紹全母親照料孩子……呀！答案不是現成的？「就是一肚子學問害了她！」她哭了，這句話像一列一列火車碾過鐵軌，吵得她神志不寧，她的腦子都快被碾碎了。

她一定要找出她究竟還有那點不如許小姐？哦，男人們當在物色一個作為妻子的人選時，總認為學識、美貌、才具、乃至溫柔的性格等等都是必要的條件，可是到後來，又往往發現這樣的女人並不是他所真正需要的。就像許小姐雖然沒有這些條件，但也有若干她所沒有的「長處」，許小姐風騷、潑辣、冶蕩、迷人，假如去演電影，她實在是個出色的性感明星呀！

夢淇似有所悟，問題不全在她出去做事，她的出去做事，不過是造成這個機會而已。紹全做了半輩子的正人君子，如今卻拜倒這種女人的石榴裙下，太使她失望了。這使她懷疑世上一切自命高尚的男人都有問題，也許他們心裡所最喜歡的，就正是他們口口聲聲所不屑一提的。甚麼恩愛、令名、美德，都是籠絡妻子的鬼話。

她不知道紹全是幾時回來的，當她困乏地從裡床翻身向外，紹全正坐在沙發上吸煙，可能他已向她注視多時了，便立刻丟了煙蒂走過來溫和地問道：「夢淇，你睡了一覺嗎？怎麼這樣疲倦？……」

夢淇回答他的只是無言的忍耐，滿臉通紅，身上忽冷忽熱，彷彿在患瘧疾。

「你是幾時回家的？」紹全摸摸她的額角驚問：「呀，燙人！你不舒服嗎？」

夢淇厭惡地又翻向裡床，心裡有一種被欺騙的，受委屈的感覺，但仍矜持地說：「沒有甚麼，電影好看嗎？」

「噢，想起來了，我在電影院裡好像聽見美莉的聲音，是你領她去看電影的嗎？那來這麼好興致，一回家就看電影？後來我滿場找你不著。」

「真是不巧極了，我原不想去，是美莉那小妮子儘纏著不放，結果幾乎驚擾了你跟許小姐，我們就先出場了。」

「你這是甚麼話？」紹全握住夢淇的手親切地說，「你當我甚麼人？許小姐那種人我才不敢領教呢，偶然悶得慌，也沒想到你今天會回家來，便去看場電影，當我進場時，她已比我先在了，也難怪你要誤會。」

「誤會？哼！」夢淇歎了一口氣，若不是電影院裡的談話言猶在耳，忠厚的她幾乎要投降了。邪惡的事真能教會人一切本領，她怎麼會想到紹全還有這一套？不過，紹全謊雖扯得四平八穩，卻是抓耳撓腮地顯得非常侷促不安，多年的職業生活，已訓練夢淇在必要時能放棄有聲的語言，而從對方的眼神裡去發現無聲的語言了。

可是，女人多麼無用呀，不管夢淇有多聰明，多能幹，並且早已關照又關照，要自己千萬別流淚、別流淚，因為流淚是沒出息的、乞憐的表現，她的眼淚應是珍貴的，紹全已不配接受了。然而隨著那一聲歎息，眼淚已流了滿頰，紹全以出奇的溫柔為她拭去眼淚，她厭惡地推開了，並且仔細地向他端詳，彷彿看他是不是連五官儀表也跟從前走了樣？

她要堅強起來，她感謝紹全幸虧是正當她年輕有為時顯了原形，她為自己打算還來得及。她想起小說電影上面，總是要一個妻子對於已有外遇的丈夫用百般的忍耐，使他回心轉意，她也深信假如自己這時也這樣做，一定可以把紹全拉回自己的懷裡。但是多麼奇怪！當她發現這秘密之後，首先感覺的便是紹全已不值得被她愛了，她不但全無挽回的意思，而且惋惜過去的感情都是浪費，小說電影上那種委屈求全的苦肉計，與現實人物究竟相差著十萬八千里！

夢淇想與紹全離婚，當然，假如是為了意氣，她這念頭是非常愚蠢的，這等於把紹全拱手讓與許小姐，一個真正「厲害」的女人，應當是自己不要，但也不許別人要！

可是這一切都不在夢淇的考慮之中，她所感到難於決定下來的，第一是孩子們，第二還是孩子們。

她這心情似乎曾經經歷過，那是當美莉斷奶時——囝囝是吃奶粉長大的——記得某夜，她忍住乳房的脹痛，起來倒稀飯給美莉吃，那小圓臉號哭了四十分鐘之久，最後餓得實在熬不住，也只好把稀飯乖乖地吃了下去。當她吃完以後，一雙大眼帶著吃飽的滿足，與對人世的驚訝，亮晶晶地朝夢淇望著。這雙眼睛至今使夢淇不能忘懷，每當想起便引起深深的內疚與自責，而此刻的心情也正和那時一樣——又狠又疼！

在她預備離婚到決定離婚的半年裡，她與紹全一直平淡相處，沒有愛，也沒有爭執，客客氣氣地，因她知道自己現在等於作客，住一天，是一天。她仍舊去辦她的公務，而且每星期回她的家，回家也絕口不提許小姐，雖然那份又狠又疼的心情一天一天在腐蝕她的健康。

紹全母親只當媳婦操勞過度，時常要她辭職，也知道媳婦心裡不快活，但只是不快活而已。紹全自己卻最清楚——一個男人有了外遇，假如妻子時常和他吵吵鬧鬧，證明妻子仍想和他重修舊好，像夢淇這麼瀟灑才真是糟了！他知道這是暴風雨前夕的暫時安靜，不，是低氣壓！他的血管都快爆裂了，他實在不能忍受。

天下有許多事的本身並不可愛，人只在著迷時才覺得萬分割捨不下，一旦清醒過來，這可愛的外衣立即好像隨著魔術師的手杖飛去了，於是露出原來的醜惡面目。紹全到這時也明知道，像許小姐那樣的人不是做妻子的料，一念之差，弄到今日這樣地步，內心不免有些後悔，然而夢淇從來不給他以表白的機會，每當他想對這問題有所申說時，總被夢淇用別的話給岔開去。

最後，他只得找些要好的朋友去向夢淇勸說，夢淇總是淡然一笑：「我們不是很好嗎？幾曾吵過架來？」當人們提起許小姐，說紹全已有悔意，希望她寬恕他時，她更放肆地大笑：「要我寬恕甚麼？」夢淇覺得這般朋友都是盛情可感，但也都俗不可耐！又有人給紹全出主意，環島旅行一次吧？但這是夢淇的職務所不許的，夢淇自己也不肯接受，她總覺得，她對紹全已有些陌生，跟他一塊出去旅行？多不自在！

要來的終於來了，夢淇在臺北為自己準備好住所，決定與紹全離婚，美莉跟她去，囝囝給紹全。

在這決定的前後她忍痛吞下許多不堪入耳的非難：李夢淇做了處長，眼孔大了，原來的丈夫已看不上眼了，所以要離婚了，未來的丈夫聽說是某部長呢……她想她一生就只做了這樁錯事——授人以柄！難怪有位好友，寧可氣死都不離婚。

但是夢淇在感情上雖是弱者，卻有些厥脾氣，既已傳揚開去，既已不蒙社會諒解，她就索性錯到底，她拒絕任何人出面調停，一切也都已和紹全獲致協議，只等律師來辦手續。

這對於紹全母親真是個晴天霹靂，老人家哭得像個淚人兒：「我說兒呀，我真不懂你們這些年輕人倒是攪些甚麼？一點小事就要離婚？你真捨得下這個家嗎？我這老太婆總沒錯待過你吧？……」

「媽，別這樣，我會常來看你，」夢淇也哭了，「我覺得這樣對於紹全只有更好。」

「住嘴吧！」紹全母親有些發怒了，「我才看不上那妖精，何況這一向紹全已經不跟她來往了，再說做個男人，誰又免得了出去拈花惹草，度量要放大些，量大福大，以前你公公……」

夢淇不願意再聽下去，她覺得婆婆甚麼都好，也真疼她，就是這思想要不得，她以為二十世紀的丈夫，應當和妻子雙方都愛惜貞操，對於她，這不僅是道德，而且是一種潔癖。

使她難過這條奈何橋的還是孩子們，囝囝尚不解事，七歲的美莉忽而抱住爸爸，忽而抱住媽媽，仰著小臉望望這個，又望望那個，無聲地哽咽著，只見淚流滿頰。那沉默的悲哀，沉默的抗議，最令人心碎！

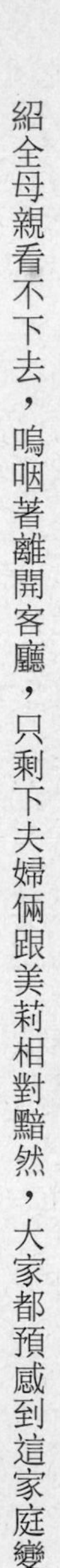

紹全母親看不下去，嗚咽著離開客廳，只剩下夫婦倆跟美莉相對黯然，大家都預感到這家庭變故的辛酸。

「夢淇，我錯了。」紹全的聲音像夢囈，像飄在半空裡。

「甚麼話都說到盡頭了，何必還提這些？」夢淇沉著地。

「我知道一切求你寬恕的話，都已沒有份量，但是，請看在孩子們的面上吧。」紹全的聲音顫抖著，自從父親去世以後，他第一次流下眼淚，接著竟痛哭起來。男人的哭聲有時是可怖的，能使人慌亂得走投無路，夢淇連忙背過身去，心裡像一團亂麻，只想找個頭緒出來，卻是越搓越亂，她頻頻向自己低喚：「魔鬼，別來消耗我的勇氣吧！」她捧住狂跳的心臟，幾乎要倒下去了。

「也許，假如你肯在家裡享現成福，不出去做事，」紹全泣不成聲，「也不會有今天。」

夢淇像注射了一針強心劑，精神立刻來了：「對呀，你的過失也是我的不是，萬方有罪，罪在女人！」

「別誤會我的意思，夢淇……」紹全走上一步，扳住她的肩膀，她卻大聲哭起來：「但也沒有人能了解我！」紹全又哭了，美莉也哭了，三個人哭做一堆。律師還不來，夜暮已漸漸垂下，那黑暗的陰影像蝙蝠翅膀似地悄悄遮住了天空，也遮住了每一個人的心。

那夜律師始終沒有來，夢淇多年未犯的心臟性喘息卻猝然發作了，而且病勢非常劇烈，連夜進入醫院，病體久久不能復元，又回家療養，離婚就此擱了淺。隨著健康情形的劣轉，夢淇連自己的事業在內，對一切都看得很淡漠了，她的職位不便久懸，終於遞上了辭呈。

像做過一場美夢的乞丐，醒來發現四周依然是這般破落蕭條，她非常明白，她自己的病是如何起的，有時她不免痛恨自己感情的脆弱，難怪西諺說：「男人為事業而生存，女人為愛情而生存。」就因為參不透愛情，女人在事業上永遠難有建樹。同時，她也恨透傷害她感情的丈夫，這使她終身都不會再原諒他。還有那些蜚短流長，簡直能置她於死地：一個人志氣再高，僵不過命呀，離婚沒有離成，倒進了醫院……人總是好不足的，有人嫌丈夫沒錢，她這是嫌丈夫沒地位，結果連自己的地位也吹啦……

她不懂，為甚麼男人有了外遇，妻子必須含垢忍辱才算是賢妻？她不懂，為甚麼假如妻子想離開丈夫，過失便全在妻子？而且是莫須有的過失？她不懂，為甚麼人們看見她不幸時，既不能對她有一臂之助，而當她想掙扎時，更要對她落井下石？她不懂，為甚麼……？她不懂……？她只覺得自己的靈魂失去依傍，不，這靈魂正在沉淪，沉淪……

她常想，難怪有人說讀哲學的到後來有些會變成瘋子，人生的確是經不起究詰的。名舞蹈家鄧肯也說，每當她感到人生之悲慘時，便差不多要癲狂了。於是她又羨慕瘋子，做個瘋子多自在，她可以不管世間的一切，愛怎麼就怎麼。但是呀，瘋子做不得，假如她竟會發瘋，則當她瘋狂之日，就是失去做人尊嚴之時，以前她在上海參觀過瘋人院，那些瘋人受盡揶揄，而空谷足音的同情更有何用？

她至今承認在許小姐的事情之前，紹全不失為好丈夫，但也否認自己便是個壞妻子，事到如今，不知是紹全負了她？還是她負了紹全？像這樣昏昏噩噩過下去，又何時得了？她想起弘一法師以一代奇才而芒鞋踏遍天涯，釋迦牟尼以九五之尊而棄家修成正果，以前她老覺得這兩個人大概是神經有些毛病，現在卻不知是自己神經也有些毛病呢？抑他們自有道理？……

但她顯然沒有那種大智慧，大決心，而只能讓自己在苦悶的現實裡浮沉，常常為了栽一盆花，在地上一坐半日，現在又為了小吳太太的事，在門口一站半天。

小吳回來了，垂頭喪氣地。

「太太呢？」夢淇抬頭看見小吳，如夢初醒。

「還是走了。」

「讓她去吧，你留得住她的人，卻留不住她的心，她也有她的需要，你該尊重她。」夢淇像是勸小吳，也像是在自語。路，總是人走出來的，她雖然半途倒了下去，自有人踏著她的足跡再走過來！

她舒了一口氣，凝望著那條通向車站的大路，無盡無盡地伸展，一直伸展到天邊……夾道的松樹，依舊蔥蘢茂密，路畔的原野，更是青翠如濯，水鴣鴣仍像春天那樣一聲聲柔情低喚，這一切景色似乎和她久違了。

世界是如此美麗，值得她再去開拓，去創造，她又想起曾在那一本書上看到這麼一句話：「人必須有出世的精神，才能做入世的事業！」這次痛苦的經驗，應是她最可寶貴的教訓，在人生的戰場上，誰又免得了敗北？輸了，重來！

她還年輕，但她已比別人知道得更多，體味得更多。別人參不透的，她已可參透了；別人拋不開的，她已可拋開了。如果她能先在人生的戰場上獲得勝利，事業上的成功將完全在她掌握之中，現在她要好好地珍重健康，有一天她將更堅強地站了起來，不為自己，卻為給小吳太太那般後來的姊妹開路。

湯餅會

「來，為我們的無冕女王乾一杯！」男主人宋瑞慶端起酒杯來向王雋文說著，雋文眼睛雖然看著瑞慶，卻敏銳地覺得左側有一雙眼睛正斜睨著她，冷冷地，嫉妒地，在掂她的份量。

這使她感到輕微地不安，她不知道自己為何這樣不受趙太太的歡迎，其實，趙太太也不知道自己為何看著這位王小姐不順眼。今天是瑞慶第一個孩子的湯餅會，老來得子，分外開心，請了幾桌客。趙太太是瑞慶的大姨子，她來幫忙招呼客人的；可是來到以後，她大失所望，沒想到瑞慶在外面混了這麼些年，廠長已是第三任，請來的朋友卻都是這麼寒酸相！

趙太太把新做雲鬢向耳後一掠，然後把腦袋一搖，似乎想搖去滿身的不舒服，一雙長長垂著的耳環跟著玎璫搖曳，閃著熠熠珠光，那雙畫著眼影膏的眼睛朝四座輕輕一掃，她確定這些客人裡面沒有一個可以跟她談談的：譬如那邊幾位太太，就像額上貼著標籤註明了丈夫是個小公務員；這邊兩位打扮還可以，但也不像是上流社會人物，她們一定不會說 Yes，No，當然更不會知道美鈔與旅行支票之間的進出；角落裡坐著的幾位更糟，一身土裡土氣，簡直不知道她們是幹甚麼的！除此之外，便是一大群穿香港衫的男士，也高明不到那兒去。總之，這些客人真不知道是瑞慶夫婦倆從那兒給挖來的，難道就沒有別的朋友了嗎？唉！

不過，有一樁她很滿意，那就是所有的客人儘管都不屑與之一談，她們倒也頗有自知之明——她們知道自己不如她，她們不預備跟她攀交情，她們只客氣地遠遠地望著她。於是她帶著驕傲的滿足，坐在一邊。瑞慶怕她寂寞，特地繞到這邊來陪她，跟她說長道短，她非但沒有給妹妹招呼客人，倒成了湯餅會的上賓了。當然這也沒有甚麼不對，本來，在這個盛筵中，除了她，誰配做上賓？

可是就在她右邊坐著這麼一位王小姐，總使她感到自己的驕傲有些動搖——當然，她的打扮也不像上流社會的人物，身上那件花綢旗袍，一望而知是臺灣廠家的出品，那雙耳環在馬路上隨處都可以看見，阿貓阿狗都買得起，太不希罕了；還有，在晚上的宴會裡，卻穿一雙平跟皮鞋，連社交禮節都不懂，哼！

但真奇怪，她儘管穿得這麼寒酸，態度卻不像那些人一樣寒酸，她跟她之間保持著相當的禮貌，她並不像別的女客一樣以好奇羨慕的眼神去研究她的服飾，她對任何人都很謙遜，可是那挺直的美麗的脊背，與開朗的清秀的眉目，卻彷彿流露著一種甚麼東西，是甚麼東西呀？她形容不出，但她知道，這東西假使流露在她身上，她將更為驕傲，而她似乎沒有，這使她感到不悅。

瑞慶敬過雋文的酒，這才笑著跟趙太太說：「噢，大姐，王小姐是位記者，經常寫專欄，讀者很多呢！」

「那是一份中文報吧？Sorry，我很少看中文報呢。」趙太太斜著眼睛又瞟了雋文一下，望著瑞慶說。

雋文其實從一見面就並未討厭趙太太，她的工作，使她九流三教，甚麼樣的人都見過，而且使她經常以客觀的態度去觀察事物，對於趙太太這樣一個在應酬場合裡相遇的人，根本無所謂愛惡，引起她反感的，只是趙太太那雙看人的眼神。第一次已經教她很不自在，這一次簡直要使她痛恨瑞慶的饒舌了，但她覺得最好的對付方法還是沉默。

「我也在辦公了！」趙太太認為也該漏漏自己新近獲得的職業，記者有甚麼了不起。

「啊？真的？」不知是真的不信，還是瑞慶故作驚奇。

「在一個美國人的軍事機構裡，管一頓中飯，吃得不錯，每月三千塊，好玩罷了。」趙太太放下筷子，抽起香煙來。

「既然是美國人的機關，應該拿美金呀。」瑞慶說。

「我本來也懶得去，死鬼還說：這兩個錢不夠你打牌輸掉，不過，家裡囉囉嗦嗦的事也實在太煩人了，落得藉此躲出去換換環境。」

「這樣說來，以後你更忙了，打電話也找不著你了。」瑞慶湊趣地笑著。

「我會打電話出來的，每天一到下午四點，外國人照例要喝咖啡，想抽煙的也可以就在辦公室裡抽起來了，到這時候大家都可以自由行動，我就趁此給各處打電話。」

「電話還那麼忙？牌總少打不少了吧？」

「當然，打電話也無非聊聊天罷了，不過，的確不辦公也有不辦公的自在消遙，除了打牌，還記得兩月前有一天，我們中午在玉樓東吃飯，飯後包了兩部的士去士林看蘭花，看完蘭花回到臺北又跳茶舞，真是Wonderful！如今一辦公，即令有時間，到底不這麼精力充沛了。」

一桌客人就只瞧她表演，雋文起先還以沉默的態度聽著，到後來漸漸魂遊六合之外，想起許多的事，她想：瑞慶居然還有這麼圓滑的一面！照以前瑞慶的為人，這樣的大姨子真是對面碰上也得把眼睛看向旁邊哩，難怪瑞慶夫婦倆從來也沒提起過有這麼一個親戚。

她又把眼睛看向瑞慶的太太憶芳坐的那一桌。憶芳也正談笑風生，語驚四座，憶芳顯然比從前改變多了，還記得她倆在大學念書住在一間宿舍裡時，憶芳也是一個未語人前先靦覥的小姐，她跟瑞慶雖然結婚很早，卻是到臺灣六年以後才生這第一個孩子，從甚麼時候起，她變得這樣健談了呢？結婚以後？生孩子以後？她想不起了，反正憶芳從沉默變成健談，似乎是順理成章的事，假使她自己結了婚，生了孩子，恐怕也是一樣。

想到結婚，她就總覺像失落了一件甚麼似的。對於自己的逾齡未婚，她並不十分介意。平心而論，實際的影響遠不如周圍饒舌的人們給她的威脅之甚。因為她至今還是個漂亮的老小姐，她的逾齡未婚也並不是由於戀愛的打擊。她只是等著一個人，這人使她把一生最好的光陰都虛度了，隨著歲月的增長，隔著空間與時間織成的帷幕，這人越顯得完美。

感情上使她覺得如此，理智卻在反問她：「十幾年了，誰知道現在的錫民成了甚麼樣兒？」於是除了過去曾經拜倒石榴裙下的不提，就拿眼前的來比一下吧：喪偶已經三年的李總編輯駝著背，看上去像個畏畏縮縮的老爸爸，那有錫民英氣勃勃？再拿好管閒事的憶芳給她介紹的人物看看：陳副局長一副外婆相，毫無男子氣概，難怪至今還是獨身；據說「傷心人別有懷抱」的林協理，儀表倒不錯，可是說不上三句話就要吐痰，假使那口痰忍著不吐出來，就一直在喉嚨裡呼嚕嚕打轉，使人想起來都會作嘔。於是她又懷疑，為甚麼別人在她心目中都這樣糟糕？是真的別人不好？還是自己在心理上起了變化？

然而，他們都不及錫民，那是無可否認的事實。在現實中，只有一個人曾經使她非常傾倒，那是瑞慶廠裡的一位工程師，因為他跟錫民太相似了。

可是他比她小好幾歲，這是她不敢想像的，也是憶芳不能贊成的。在憶芳看來，雋文以自己的成就與年齡，應該嫁給陳副局長或是林協理，好好地做個現成的太太，怎麼可以跟一個離校不過幾年的毛頭小夥子住在一起，還得給他煮小鍋飯，從頭幹起？

雋文終於拒絕了，不是因為憶芳的意見，而是擔憂歲月的輪子有一天會把她與那年輕人之間的距離愈扯愈遠。她並不在乎煮小鍋飯，假使年光可以倒流，她真願與錫民再從頭幹起！

「在愛人的心裡是沒有年齡觀念的。」那癡心的工程師曾經這麼天真地說。

「然而造化卻是無情的，」她答道，「並且，我發現我喜歡你只是一種幻覺，我真正愛著的人並不是你。」

這話著實刺傷了那個年輕人，他就這樣黯然離開了。她還記得那是一個細雨濛濛的黃昏，他穿的一件咖啡色的燈蕊絨上衣，那深色的上衣，襯著白晰的面龐，使他看上去像個中學生！目送那漸行漸遠的年輕的身影，她心裡感到從未有過的悵惘與哀傷，陰寒襲人，正是又冷又濕的魂斷季節，佇立巷口多時，很久不曾流淚的她，不覺臉上竟掛下了兩行清淚。是為那癡心的年輕人歎息？抑是為闊別的錫民低徊？連她自己也覺茫然了。

從那以後，她索性絕了結婚的念頭，——連這麼一個人都不能接受，在這個世界上，除非錫民會奇蹟似地出現，她將真的成了一個「獨身主義」者。不過，她並不十分介意，除了「老小姐」「老處女」這些字眼使她有點尷尬，她覺得自己目前的處境也沒有甚麼不好。雖然，由於自己幼年沒有一個幸福的家庭，對於幸福家庭的憧憬，她比誰都深。

錫民是她兒時的鄰居。她在七歲就做了母親的「代書人」，時常代母親寫信給遠離的父親，遇著不會寫的字，就空一格，等寫完再把留著許多空格的家書拿到對門錫民家裡去，請正在念中學的錫民為她一一填上。母親的情緒很不好，常因不耐於她的笨拙而伸手打她，所以在她的心裡，沒有「快樂的童年」，可是錫民卻是這灰暗日子裡的一顆明星。

在嚴厲的呵責下，從辛酸的飲泣中，雋文的文字倒獲得了非常的早熟，也獲得了錫民的關注。她還記得像昨天的事一般清楚：那是一個虹色的夏日黃昏，她又來到錫民家的大院子，高敞的天棚剛剛捲起，地上被老李用井水沖得既淨且涼。知了在槐樹的葉叢裡還曳著長長的聲音，彷彿要把垂向西天的落日苦苦留住，呀，如果真能這樣，命運是否就此改觀？

她還記得，她垂著雙辮，穿著白衣、黑裙、直貢呢鞋，又來向錫民請教，不過這回手上不是拿的家書，而是代數習題了。

跟往日一樣，錫民很高興地歡迎她，為她溫和地耐心地講解，那時他已是大一的學生了。直到習題都做完了，正當雋文起身告辭，錫民才忽然告訴她：「雋文，這是我們的『最後一課』呢，明天我就要離開這兒了，跟我父親到英國去，我的母親等把祖母送回南方以後也要去。」

她猛的一怔！書與簿子不覺落在腳邊，接著她就發現，落日的光華不知何時已經隨著錫民的臉龐黯去。

「不要難過，雋文，我會寫信給你的，你也要寫信給我……」一雙汗津津的手已經把她的雙手握住。正在這時，老李到窗下來叫開飯，她急忙撿起書來衝了出去。直到身子已經坐在自己的小屋中時，兩耳還在發燒，一顆心幾乎跳到喉嚨裡來。

有生以來，她第一次嘗到失眠的滋味，這晚竟一夜未曾好睡，整夜翻來覆去地體味這微妙的心情。她想：當她被那雙汗津津的手緊握住的頃刻為甚麼要害怕呢？現在她真希望能再被握住，這恐怖而又快樂的頃刻真是美妙！只是，她連他的樣子都想不起了，好像是穿的白襯衫，敞著領子，淡灰西褲，她從來不好意思對錫民逼視，她怎麼敢呢？錫民是這麼有學問，溫文爾雅，佻健近人，可是這些年來，她只從心底默默地尊敬他。

此刻想來，她對他保持這樣不遠不近的距離，自卑感很重，固然是一個原因，還有錫民的母親，雖然她看著她長大的，對她也常問長問短，誇她聰明、用功，可是，她彷彿天生是個外交官的太太——舉止待人都中節有度，很熱誠，然而不能親近，她使你對於錫民除了問課，決不會再想到其他。

天亮了，有馬車的聲音自遠而近，停在門口，她立刻意識到這馬車是來做甚麼的，她要起來，起來送送這童年的密友而兼義務的課外老師。於是一骨碌爬起來，用冷水洗了臉，著意梳了一下辮子，她忽然從鏡中發現，她已是大人了。而且，她長得很美，一雙秀目，兩彎修眉，只是鼻子扁一點，嗯，好在不算太扁，嘴也長得不錯，像一只玲瓏的小酒盅，甜甜地盛滿青春的蜜汁。

匆匆走出小院，正要開門，又猶豫起來，她還是怕，她怕看見錫民，因為她心裡有病了！然而她又多想再看錫民一眼呵，她知道，僅僅是再看一眼，以後就不知相見何日了，於是她伸手去拔門栓，耳聽得外面腳步聲、說話聲、搬東西聲。她想，錫民一定已經在外面了，可能門一打開就看見他。心像擂鼓似的狂跳，她實在受不了，也罷，就偷偷地看一眼吧，於是她又放棄開門的企圖，只把眼睛貼著門縫。

正在這時，門縫裡有一件東西塞進來，幾乎把她嚇昏了。那東西落在地上，定神一看，是個信封。她急忙拾起來，只聽得車輪碾著石板路，夾著馬蹄聲漸漸遠去，帶走了錫民，帶走了她童年僅有的一點安慰，也帶走了她的心。

這顆心許久許久都像不在身邊，只在打開信封時才覺得夢境的真實，那是錫民的一張大半身照片，這回她可把他仔細看了個夠，濃眉、小眼、高鼻樑、闊嘴、長長的臉，手上拿著網球拍，笑瞇瞇地，就在照片上，她也感覺這笑容裡帶著多少熱力。

此外還有一封信，信上誇她聰明、美麗、嫻靜，他說，他早就愛她了，只是她總那麼嚴肅、矜持，這使他一直不敢輕易表露。對於她的惜別，他感到安慰，但也懊惱，懊惱自己過去為何這樣膽怯，讓自己在煩悶中度過許多可愛的日子。最後，他希望她別忘了也拍張照片寄給他，而且一定等他回來。

以後他們一直通訊，並且互寄照片，錫民在劍橋讀經濟，他的照片一張比一張神氣，一張比一張瀟灑，他還寄了許多風景照，雋文也在幸福的鼓勵中一步一步完成了自己的學業。二次大戰時他倆才失去聯絡，到現在不覺已經又是十多年過去了！

由於錫民的眷愛，雋文不再是個自卑的少女，她曾經很活躍地做過外勤記者。內調編輯，不過是最近兩年的事。她請求內調，只為了想多一點時間讓自己看書、思索，她覺得她需要安靜。

「我一定要等他回來。」最初失去聯絡時，她對自己這樣說；以後希望一年比一年少了，角逐於左右的男士不知多少，她還是對自己這樣說；最後眼看宿舍裡的小姐們一個一個都搬出去成家了，只剩下她一個女性還住在一大堆男性光桿之間，她不再這樣說了。為了使自己不致太窘迫，她也搬出這個宿舍，住到女青年會去。有時候，是這個社會不肯讓你做老小姐。

她遇見那位工程師，是在搬出去不久以後，到現在已又快半年了，三十歲一過，不管日子稱心與否，總像下坡似地飛快！

半年來，她倒並不感到獨處的寂寞，因為平日進進出出來看她的作者很多，只是，春日微暖的黃昏，夏日銀色的涼夜，給她的感觸愈來愈深。她愛花朵，更愛鮮豔的顏色，可是，更難堪地是在喜歡之後平添一份無常之慟。她懊悔不該請求內調編輯，人愈是有時間思索，閒愁也愈容易滋生，倒是以前跑外勤時，反而沒有這些感觸呢！唉，可是錫民錫民，到如今連影子都淡了……

忽然她覺得手臂被一只柔軟的小手握住，一聲「媽咪！」把她從胡思亂想裡拖了出來，一低頭，一個洋囡囡似的小女孩連忙返身奔去。

「認錯人了，那是Aunt呀！」趙太太笑著一把摟住那小女孩。幾乎就在聽見這話的同時，進來了一個人，雋文真希望立刻來一次大地震！

在她小時候，隔壁鄰家嫁女兒，嗚哩哇啦的鼓手隊帶走了花轎，遺下滿地斷腸裂肺的爆竹屍骸，起先還冒著煙，後來煙也沒有了，她跟著一群野孩子蹲在地上撥弄，找那還未爆開的倖存者，冷不防面前「轟！」的一聲，她嚇了一跳，可是還有點莫名其妙，四周甚麼都沒改樣，只有一群訕笑她的小伴，和母親怒視著她的一雙眼睛，耳朵裡兀自營營作響。

這情形，就跟她此刻一抬頭之頃所發生的完全一樣，只是那雙怒視的眼睛不再是母親的，而是趙太太的。

「怎麼現在才來？」瑞慶明知這裡面有點蹊蹺，卻不得不與來客寒暄，一面招呼添座。

「是呀，你瞧我們都吃了一半啦——」憶芳也熱鬧地湊過來。

「本來預備跟瑪麗一塊來的，回家一看，她倒先來了，我卻被客人堵住了，臨來安妮又吵著要看小表弟……」那是錫民的聲音，一點也不錯，尤其是與雋文四目相注時的眼神，說甚麼也賴不了。

空氣似乎緩和下來了，憶芳說道：「我們還沒給大家介紹呢——」

「我要先走一步，」雋文已站了起來，「我還有一個約會，再遲趕不上了，很抱歉。」

她跟憶芳之間本來不必這麼客氣，她自己都鬧不清這「抱歉」是對憶芳說的？抑對滿桌客人說的？反正她都不想理會了，像逃命似的，她好容易走到寬闊的馬路上來。高大的椰子樹，正掛著一鉤上弦月，夏夜的空氣很新鮮，她舒暢地深深吸了兩口，又摸摸臉頰，涼涼地，很好，一切都過去了，就像甚麼都不曾發生。

看看手錶，上報館還太早，先回青年會吧，其實，天曉得，她心裡還是一團亂麻，怎能上報館呢？她必須先回到自己的小窩裡，把受創的血跡舐舐乾淨，而且，她知道如果步行回去，將不知在那個三岔路上給社會版製造車禍新聞，還是僱一輛三輪較為妥當。

當她一頭倒向床上之後，真想就此不要再起來了。上帝的惡作劇有時教人意料不到，只要趙太太有半點可敬可愛之處，她也不致於把這「趙」與那「趙」看成兩個絕緣體，憑錫民當年那溫文爾雅佻健近人的丰度，怎麼會……？他受得了嗎？

於是，她又發生種種幻想，幻想假使有一天他竟找了來，假使她仍舊一往情深地招待他，假使他忽然又伸出汗津津的一雙手握住她，並且向她說道：「雋文，寬恕我，你不知道，我痛苦極了……」她猛的撲嗤一聲又笑出來，笑錫民終於食言，笑自己居然寫起小說來，看稿看多了，空中樓閣，陳腔濫調，真是俯拾即是！

終於，她發現自己眼淚流了下來，沿著耳朵滴向枕衾。分明是炎熱的夏天，可是望著窗外的黑夜，她只覺冷得打顫。

她想起自己不能儘這樣哭下去，今夜要發稿，這篇專欄還未落筆，她寫些甚麼呢？兩年來，她成了女學生心目中的偶像，如今自己遭遇這個打擊，她先問她將何以自處？

想了許久，她爬起來坐在桌前，定定神，掀開稿紙寫下「人生的信仰」五個字。張天師中了邪氣，且先畫道靈符把自己鎮壓鎮壓。

可是，怎麼起頭呢？她又糊塗了，思路悠悠忽忽，又扯到錫民身上，不，其實今夜她心裡只有錫民，不但稿紙的格子裡都填滿了錫民，連頭頂上的三夾板上都填滿了錫民，她把鋼筆憤然一擲，重新倒向床上，納頭便睡。

當然她睡不著，今晚若不把錫民解決，別說睡不著，連文章也休想交稿，很顯然地，她早已一步步地「縮小包圍圈」：錫民的結婚不能算是負心，這麼些年了，他究竟只是個平凡的人；而且，她所以願意一直等到現在，只因為當日他待她真好，難道待她好就是他應當承擔過失的理由嗎？假使她被愚弄了，錯誤在她自己，誰教她那麼死心眼兒呢？……只是，只是他怎麼會跟這麼一個女人結婚呢？她仍舊不懂！

她想，除非錫民是個沒有靈魂的人，他決不會滿意這個婚姻的，說起靈魂，她想起她所編的副刊，曾經刊載一位女作家寫的童話，題目是「靈魂的禮讚」，大意說，上帝曾經完成過一件傑作，那是一個非常美麗的少女，作者把世上最美好的詞彙堆砌在這女主角身上，可是當上帝要給她一個靈魂時，這少女哭道：「啊，饒了我吧，我不需要靈魂，我將以這肉體去追求世間一切官能的快樂，靈魂是肉體的枷鎖，它留不住快樂，卻使痛苦永生。」上帝歎道：「不可以的，這太危險了！你披著這麼一張漂亮的人皮到世間去，若不給你一個靈魂，你將使多少人為你心碎！」

她想，那位女作家太偏心了，為何把這題材給與女性？譬如錫民……呀，她何忍這樣揣想，這太刻薄了！錫民不會沒有靈魂的，而且假使他有靈魂，她該同情他；假使他沒有靈魂，她該忘了他。

並且，他很慶幸，令人心碎的不是她，而她也大可不必為錫民心碎，人們在世事上也許要經過很多的挫折，但儘管失意，在精神上她要昂然站著，李義山的詩：「蠟炬成灰淚始乾」，那支蠟炬不就直到燒完也還是屹立著嗎？

她心裡似乎有了一點主意，時間實在不早了，眼看要遲到了，於是欠伸一下，她既不想請假，振作一番，起來對鏡攏攏頭髮，拿起桌上還未開始的「人生的信仰」，鎖上房門，踏著月色走向報館。

椰葉像熱帶少女的裙裾在擺動，夏夜的空氣清新之中洋溢著甘美的芬芳，柔軟的晚風正愛撫著這靜靜的海島，她又深深地吸了一口氣，很好，一切都過去了，只是，她不願矯情地再對自己說：「就像甚麼都不曾發生。」但她相信不久她就可以漸漸好起來，完全跟從前一樣。

新生南路的憂鬱

陣雨之後的樹葉被濯得晶瑩碧綠，整條新生南路都像沖洗得一塵不染，空氣中帶著野草與泥土混合的香味，正是美麗的夏日黃昏，天邊猶自懸著半環彩虹。

我沿著路畔小河慢慢蹓著，並不急急於回到宿舍。我貪戀這景色，而且宿舍裡多的是和我一樣的光桿，談起女人來有的是比我更好的胃口，而且，這談話永遠不會有結論。

「噲，老李，每次談女人，你總一聲不響，你一定有苗頭了！」老高昨晚又這樣「審」我。

「是，有一位，就像蘇菲亞羅蘭，長挑個兒。」我信口胡謅，為了隨和，也免得麻煩，因為他們不會了解我的。

但我的確曾經有過一位「女朋友」，只是她並不像此刻紅遍世界的意大利新星蘇菲亞羅蘭，而是纖瘦如好萊塢的鍾芳婷，面孔有點像醜小鴨李絲麗卡儂。那是在大學唸書時，比我低兩班的一位歷史系同學林芳，只因偶然一點小意見，又分了手。從那以後，她不再理睬我，為了維護我的自尊，遇見她時，我也遠遠地繞著道兒走。

我們是在圖書館裡認識的，形影不離地已快一年了。我的腿雖然繞著道兒走，心裡卻是一萬個不情願，我是多麼希望再看見她那雙海一般深邃的大眼睛呢？是的，除了那雙嫵媚的大眼睛，她扁扁鼻子，薄薄嘴唇，不算很美，可是她的聲音像音樂。還記得我們初次相遇，我正埋頭看書，就是被那音樂一般的聲音驚起抬頭看她的。如今這音樂一旦從我的生活中失去，就像大地沒有了春天。

我後悔自己那份莫名其妙的執拗，其實我們所爭辯的，是一件無關痛癢而又微不足道的小事，只是關於一場電影的批評。我還記得那片名叫「慾海奇花」，是意大利一位肉彈明星羅露布麗姬黛主演的。那女主角有一位非常愛她的丈夫，可是她偏要在外面遊蕩，和一些私梟往來，終於禍及家室，讓丈夫代她去坐牢監了。我說那女主角不該見異思遷，太蔑視愛的神聖與莊嚴；林芳卻認為愛只是愛，既非憐憫，亦非報答，不能用恩怨的尺度去衡量。就這樣，我們各執己見，從電影街一路嘰咕，過了三軍球場還未取得妥協。此刻想起都覺可笑，然而在當時就不知被甚麼攪昏了頭，我一定要堅持到底，而她也不肯讓步，本來看電影之前說好還要陪她去看一位朋友，爭到後來，我說：「我送你回家去吧？」

她沒有反對，默默地順從了我，可是我嗅得出這無言的反抗氣息，知道自己錯了，卻又不肯認錯，兀自安慰自己：「管它呢，明天就好了！」可是當我們來到青田街那條小巷，她一步就跨進了院子，不再讓我與她握手道晚安，大門闔處，我彷彿有一種預感：我的希望、友誼，都和我一同被摒棄於她的門外了，只剩下涼夜的晚風與寂寞的路燈，伴著我孤獨的瘦影歸去。

幾次我也想試著再去看她，並且向她道歉，實在是我不好，我應當讓她一點，她比我小兩歲，而且平日她待我這樣好，別的男同學找她，她都盡量設法保持距離，唯獨垂青於我，我太使她傷心了！

但是一個二十二歲的男孩有著他頑固的英雄思想，有時他是最強的，永遠不肯承認他後悔；有時又是最弱的，事實上他後悔之至，還怕即使認錯可能先教自己下不了臺。我實在不能想像，當我尷尬地進入她家客廳，搭訕地笑著走上前去跟她說：「多日不見了，你好嗎？」唉，若她仍像那晚分別時一樣，身子一扭就衝進閨房，那可怎麼辦呢？

啊，假使要我面對這種窘境，寧願一輩子也不再找「女朋友」了，於是不知是一種甚麼力量，促使我不再想念林芳而瘋狂地把全副精神放在學業上，第二年畢業時以優異的成績而獲得獎學金去了美國。

人在緊張的生活與新奇的環境裡，更容易把感情上的糾葛遺忘。林芳，在我心裡只剩下淡淡的懷念了。直到躺在回國來的海船上，才又想著她——不知她現在怎麼了？早該畢業做事了吧？是否也像我現在想起她一樣，有時會想起我呢？

單調的旅程上，特別渴望能有一個可以談談心的人，這使我非常想念林芳。這時我才感到舊日同學間友誼的可貴，那種感情的發展是非常自然的。在國外幾年，並不是沒有機會結交女友，只是像林芳這樣趣味相投而又從未牽涉到利害關係的竟沒碰上一位呢！

我的工作早在我啟程之前就確定了，在一個農業機構裡擔任技術方面的職務，一種成家立業的願望開始在意識中活躍起來，因此下船以後，當一切都安排妥當，第一件事便是去看林芳。

六年光陰不是虛度的，人情、世故，早把我當日那份軟弱與自卑給磨得一乾二淨，我將去叩她的門，當她出來，我會大大方方地走上前去跟她握手，親切地問她：「還記得我嗎？」我敢打賭她早已忘了那場無聊的爭辯，一定會說：「怎麼不記得呢？」或者更聰明地，用她那雙會說話的大眼睛以一個甜蜜的微笑來回答我。

五年工夫，除了那條羅斯福路，臺北的大街小巷並沒甚麼更動，我很容易地就找著了青田街，找著了那幢蔭覆著綠樹紅花的幽靜小院，只是應門的下女換了，她說這兒沒有姓林的。

「難道認錯了門？」我正在懷疑自己的記憶，裡面出來一位和藹的中年婦人，她說，林家搬到南部去已快五年了，我請問他們在南部的住址，她說她也不知道，她與林家，只是這幢住宅的買主與賣主的關係。

日子在惆悵的心情之中像跛了腳，蹣跚不前，工作也毫無開展，我一心要將所學貢獻於祖國，硬辭去國外的服務機會回到臺灣，不料整天坐在辦公室裡看那千篇一律的資料與報告，面對這些，常使我聯想到宿舍裡光桿們談女人——永無結論。我見著舊日同學就打聽林芳的蹤跡，他們說，林芳沒等畢業就離開了學校，只知道她去了南部，一直未再與同學們聯絡，他們勸我忘了她。

有些好心的朋友很關心我的婚姻，這個為我介紹，那個為我撮合，我一半承情，一半敷衍，總覺那些小姐比不上林芳，是的，也許「情人眼裡出西施」，小姐們當中自有比林芳漂亮的，但「漂亮」並不能包括整個的「評價」，誰有林芳那自然的風韻呢？誰有林芳那音樂一般的聲音呢？誰有林芳那聰明的頭腦呢？誰有林芳那純真的感情呢？尤其是感情，還得從頭一點一點「做」起，介紹人一再殷殷叮囑：「不能鬆手呀，現在是原子時代，終身大事也已進步到成了噴氣婚姻，必須眼明手快，否則就會夜長夢多！從明天起，每禮拜至少兩次請她出來玩，管送還得管接，這是起碼的服侍。」

「我又沒車，送可以，接太麻煩了。」我早已望而卻步，藉此推托。

「僱三輪呀！」

當朋友們發現我並未遵命前往，都很掃興，於是有人以為我吝嗇，既要結婚，又怕投資；有的人索性說我怪，還沒到三十歲就已沾上「老處男」的脾氣了，我不承認，也沒有否認。

上星期三，我忽然想起：「真是聰明一世，懵懂一時，我幹嗎不登報呢？」但也就在同時，我更想起另一問題：「不知她已結婚嗎？假使結了婚，這啟事被她丈夫見了豈不很糟？一個女孩在林芳這樣的年齡非常可能已經結婚了！」我感到一點淡淡的悲哀，但仍舊在報紙的經濟小廣告裡刊了一則小小的啟事，「也許她丈夫不會注意這些小廣告，即使見了，由於它既小又平常，也不會特別看待吧？」

整整一星期過去了，毫無動靜，我感到絕望，此刻踽踽獨行於新生南路上，更覺自己像一根浮萍似的，不知蕩到那兒是好，眼看快近宿舍了，又折回頭，繼續這種漫無目標的散步。

我住在這宿舍裡已經半年，來往於新生南路上不知多少次了，今天才發現它是這樣美麗，有樹、有河，堤岸斜坡上披滿了青籐與紫色的牽牛花，天邊彩虹已黯，還留著西方一片粉紅色的晚霞，樹葉偶然仍會滴下一兩顆水珠。

雨後車輛很少，行人也不多，遠處有一位少婦推著孩車緩緩走過來，那是一架很講究的有篷的孩車，推車的少婦長挑個兒，穿著白色的曳地長裙，鬈髮梳向耳後，圓圓的臉龐上，眉目如畫，身邊還跟著一個活潑的小女孩。

這樣的路上出現了這樣的人物，使我恍如置身畫中，不禁看呆了，等走近時，我才發現那少婦穿的實在是一件很長的白色晨衣，只是臺灣的洋裝款式有時就跟晨衣一樣，不過短些而已，所以那件晨衣穿到大路上來也並不覺得礙眼，腳下穿一雙半高跟的平底涼鞋，顯得婀娜多姿。

假使我說她有點像林芳，大約因為我正在想念林芳而硬湊上去的，因為我記憶中的林芳很纖瘦，頭髮也不是這樣束在腦後，假使拿花來譬喻，林芳是一朵蟹爪菊，這位少婦卻像盛開的大麗菊，她比林芳美，更具有一種光彩奪人的魅力。

但我仍不禁要尾隨她們，她既要照顧孩車，又要照顧那小女孩，似乎並未注意到我。她的背影豐滿而矯健，當真像蘇菲亞羅蘭，想起昨夜老高的打趣與我的答語，忽然我有一種輕薄的自嘲，正想放棄尾隨，但，我像在地上長了根，我聽見了她跟小女孩說話時那音樂一般的聲音！

我失魂落魄地追上前去，喚了一聲：「林芳！」

「啊？」她轉過頭來驚訝地望著我，立刻也就認出來了，當即伸出手來。

「真想不到會在這兒遇見你！」握住她的手，我興奮得半晌說不出話。

望著孩車與那小女孩，我已明白一切，失望的苦痛立刻向我襲來，雖然這遭遇應在意料之內，可是當我面對著它時，畢竟不能無動於衷，倒是她，很自然地拉過那個小女孩來指著我道：「叫啊，李叔叔！」

「李叔叔！」小女孩聲音就像她母親，蜜一般甜。

「真乖！」我摸著小女孩的頭頂，頭髮光軟如緞。「叫甚麼名字？」

「婉婉。」

「到我家去坐一會嗎？我家就住在那邊。」林芳朝後面遙指一排西式平房。

「改天再來訪問你的幸福家庭，」我有點酸溜溜地：「現在風景這麼好，何不在外面走走呢？」

於是我牽著婉婉，她推著孩車，繼續向前走去，這時我才注意到車中躺著一個肥頭胖腦的男嬰，手划腳踢，玫瑰色的臉頰，可愛極了。我不禁彎下身去吻了一下，彷彿吻的是林芳：「多大了？」

「快四個月了。」

「想不到，一別六年，你已綠樹成蔭了！」

當我們又往前走時，我感慨地說。

林芳沒有作聲，她仍和少女時一樣，常以緘默來回答我。

「你比以前豐滿了，也更美了。」我側過頭來望著她那花瓣似的紅唇，充滿少婦的誘惑，啊，她本來是薄薄的嘴唇，這顯然是經過人工的化粧的，但我很喜歡那溫柔的曲線，這樣的身材，就該配上這樣的紅唇，林芳，真教我愈看愈愛，然而，她已是別人的了。

「甚麼時候結婚的？」

「你出國以後。」

「你怎麼知道我出國去？」

「我怎麼會不知道呢？」林芳的眼睛裡充滿幽怨與嗔怪。

「我就不知道你已結婚，你把你自己藏得真好！踏破鐵鞋無覓處，原來就跟我住在一條新生南路上。」

「你也住在這條路上嗎？我倒是剛搬來不久。」於是她大概地敘述了她的婚後生活，原來她一直住在高雄附近的小港，她的丈夫在小港一家工廠服務，前年離開小港，到臺北來跟朋友合夥做營造商，林芳搬來臺北則不過是最近半年的事。

「兩個孩子纏住我，心境很銷沉。」她說。

「為甚麼銷沉？你不是很好嗎？你的丈夫——」

「他姓蘇，安徽人，學土木工程的。」

我也告訴她關於我的近況，零零碎碎，好像有很多話要跟她說，卻又一時不知從何說起，天色漸漸黯下來了，婉婉直釘著她母親問幹嗎還不回去，毛弟在車子裡也已睡著了，林芳一面為嬰兒蓋上大毛巾，一面說道：「到我家去坐坐吧，此刻他也在家呢。」

「今晚我還有事，明天再來好嗎？」我實在不願看見她的丈夫，我嫉妒。

我送她們回去，快近她家了，「明天真來嗎？」她又問。

「明天下午怎樣？」我想起明天是星期六，我下午正有空閒。

「好，我等你，就是那一排房子，最末一家院子裡有葡萄棚的。」

她推著孩車帶著小女孩走了，直到她進了院子，我才怏怏地歸來。

這天晚上，老高們更休想看見我的影子，一進門我就洗澡，洗完澡我就躺在床上，只想著林芳給我的印象，以及新生南路上的風光，太美了！然而，這畫中人與我已經無緣，我感到悲哀，卻又夾著一絲興奮的喜悅，為她果然忘了昔日的爭執，並且一再邀我到她家去。

只是，這一絲興奮的喜悅畢竟敵不過失望的悲哀，想到從回國來的船上就念著的林芳，為了她，我沒有鍾情過任何一個女孩，不料到頭來竟是一場夢幻，孩子都兩個了，真是「綠樹成蔭」，似乎沒有甚麼能夠再改變這一切了。我去看她，除了再添新愁，又還有甚麼意義呢？於是，我再度悔恨昔日的稚氣和任性，如果不是那樣，林芳一定仍是屬於我的。啊，我不怪林芳，我也無權責備林芳，實在是我負了她！

第二天下午，我仍舊踐約前往，明知沒有甚麼意義，但，我禁不住仍想看看林芳。有一種感情有時是無法解釋的，我甚至不知自己為何要換上那套淡豆沙色的新西裝，對著鏡子照了又照，把那條薔薇色的領帶拆了又結，這是六年前與林芳天天見面時從未有過的現象。

應門的是個伶俐的小姑娘，林芳已站在客廳門前歡迎我，先把我打量一番，顯然看出我著意收拾了一下。

「剛去看過女朋友來嗎？風度翩翩地。」她大眼睛一閃，俏皮地說。

我想說：「我的女朋友就是你呀！」但轉念我不能這樣輕佻，事隔六年，我無權這樣說了，便道：「正要請你介紹呢。」

「你相信我能辦到嗎？」她一面走進客廳，一面轉過頭來嫵媚地一笑，我黯然。

她今天穿一件白綢襯衫，淺綠背心連著窄裙，與昨天相比，又是另一種俊俏風韻，她比以前會打扮自己了，無論甚麼裝束，總是看來楚楚動人。

客廳的佈置很雅緻，林芳雖然在校時專攻歷史，卻很有藝術修養，兩三幅字畫雖非名家之作，經她好好的調排，看去非常舒服。落地窗上懸著白色紗帘，使室內光線明朗而又柔和，書櫥、沙發、唱機、地毯，從這些陳設上看來，她的生活很優裕。

「平時也看看書嗎？」我沒坐下，先貪婪地巡視書櫥。

「不看書又怎麼打發日子呢？不過，兩個孩子一纏，日子其實過得飛快！」

坐在柔軟的沙發裡，望著窗外天陰欲雨，院子裡種了不少的花，櫻草、荷蘭石竹、洋水仙、劍蘭……從各方面看來，林芳在理家的才幹上也不錯，可是聽她言談中總像對現實並不滿足。

「日子太稱心了，所以閒愁很多，是嗎？」我又犯了六年前的老毛病，想調侃她了。

她端來兩杯咖啡和一碟葡萄餅放在几上，坐下道：「還想跟我抬槓嗎？」

「告訴我，為甚麼那次抬槓以後，你就一直不理我了？」我真高興可以跟她翻舊賬了，她是這樣溫柔。

「是我不理你，還是你不理我呢？」

像一記悶棍打在頭上，我茫然若失！

是的，我並未嘗試找她說話，又怎知道她不理我呢？

「毅岑，我真想不到你個性是那樣倔強，見我就繞著道兒走，而且能夠一星期、一個月、兩個月，乃至整年的僵持下去。我是不會向你低頭的，但你只要來看我一次，跟我道個歉，也許——」

說到這兒，她似乎很難措辭，但終於說完了那句話：「也許今天我們的命運就不同了。」

「你是說——我們？」我有點不相信自己的耳朵。

林芳看向窗外，大眼睛隱約掛著晶瑩的淚珠，我不禁握著她的手，強自壓抑著感情安慰她道：

「你現在不是很好嗎？」

她沒有答覆我，又告訴我，她一直等到聽說我出國了，這才死了心與蘇先生結婚，蘇比她大十三歲，與她認識只有兩個月。

「反正我真正喜歡的人已經離開我了，我的愛情還未開花便已凋謝，只要我的父母喜歡，跟誰結婚都是一樣！」

「他待你很好吧？」

「何以見得？」

「從你的神情看來。」

「是的，一個非常忠實的丈夫。」

「這不就夠了嗎？除了這些，所謂幸福還有甚麼呢？」

「但我不甘心，毅岑，我從來沒有愛過，總覺這人生有些欠缺。」

我畏縮地抽回那隻手：「不要胡思亂想，林芳，人生總得有點欠缺，月亮滿了就要虧的，結婚以後也可以愛，就拿這份愛去愛你的丈夫和你的兒女吧！」

沒料到林芳竟有這樣的想法，而且她是這樣的大膽，她不再是六年前那個矜持害羞的少女了，唉，六年前，我和她，只要有一個人能有今日十分之一的勇氣，又何致弄到今日來作這種令人心驚肉跳的談話？我究竟比她大兩歲，而且我是一個男人，不能說天垮下來讓高個兒去頂，我已感到了道義在我肩上的壓力。

「毅岑，還記得我們當日爭論的內容嗎？」

「今天我們不談這個好嗎？」我真害怕她再提爭論的內容，好像那內容有點像我們此刻的遭遇，假使天意要我們以事實來為六年前的爭辯作結論，那是一種殘酷的捉狹。我必須躲開，於是我告訴她，為了找她，我曾登過報。

「是的，他早告訴我了。」

「誰？」

「我的丈夫呀，」她奇怪我的遲鈍，「我一直不跟你聯絡，與其說是忠於他，不如說是潛意識中有一種預感要我逃避你，我知道看見你將會引起麻煩的。」

我心想，早知如此，她的想法實在是對的，唉，我們為甚麼要相逢呢？

「不過，現在我喜歡這麻煩。」她一往情深地看著我，我害怕極了，那雙眼睛使我有犯罪的意念。

「他看見我那則啟事以後，說過甚麼嗎？」我設法轉移話題，並且暗笑自己幹的天真的傻事。

「沒有，他信賴我，從未想到別的。」

我又站到書櫥面前，隔著玻璃有意無心地看裡面的書籍，隨手抽出一本王爾德的「快樂王子集」，但我心裡其實很亂，根本甚麼也沒看進去。正在這時，毛弟哭了，她進去照料。當她再出來時，我才想起屋子裡是這樣靜。

「婉婉呢？」

「跟下女出去玩了。」

我想，這真可怕，屋子裡只剩下她和我，假使她繼續在我感情上增加份量，假使我站不穩了（面對一位昔日的密友，她是如此多情而美麗，誰能抗拒呢？）假使她失去了理智，假使我也失去了理智……唉，我不敢再想下去，今天這個訪問無異是一顆定時炸彈！

「毅岑。」她又柔情地喚我，一雙水汪汪的眼睛隔著茶几望著我。

「唔。」

「你在想甚麼？」

「我在想——我的女朋友。」我想撒謊了。

「誰？」

「長挑個兒，像蘇菲亞羅蘭。」我自己也不知所云。

「你騙我，毅岑。」她一面說，一面含情脈脈地向我走來，我心跳氣促，只覺整個空間隨著她的到來，不斷縮小，縮小……正在這時，門鈴響了。

她去開門，進來兩位鄰居太太，坐下之後，一直絮聒不休，並且不時斜過眼來看我。我很不自在，難道我臉上有甚麼異樣嗎？書既看不進，忽然發現書櫥裡有一本貼相簿，拿出來翻翻，一頁一頁貼滿了林芳的照片，以及和她丈夫的合影。她丈夫長得很端正，方方額角，寬寬下頷，高高鼻樑。從照片看來，伉儷之間實在很不錯，我愈看，心愈淡，可仍捨不得離去。

那兩位太太坐了至少有一小時，她們剛走，林芳的丈夫就回來了。林芳介紹我們認識，然後寒暄一陣，並且在那兒用了豐美的晚餐。由於她丈夫的坦蕩與大度，使我更覺自己做人一定要站穩立場。

當我回宿舍時，已經冷雨如織，遠遠看見門前黯淡的燈光，想到這無聊的寂寞黃昏，不知如何消受，我真恨不得立刻轉過身來，再回到林芳的身邊，我實在需要家，更需要林芳。

我楞楞地坐在桌前，一直在回想下午的事，回想林芳的音容笑貌，半怒含嗔，太教人動心了。這一切，本來應當屬於我的，奈何落得現在枯坐小樓，竟夜聽雨聲淅瀝？

然而，人是不能脫離現實社會的，我能不顧一切地為所欲為嗎？道義的力量在情慾之前是何等脆弱，如果不是來了兩位鄰居太太，我真不知道自己會變成甚麼樣子？即使我是一座雪人，面對林芳那股熱力也會溶得不似人形的（何況我並不是）。

我不知道自己在甚麼時候和衣睡去，星期日在電影院與閒逛中度過，總像失落了甚麼東西，有點魂不守舍，星期一上班，坐下不久就被主管請去談話。

「願意到東部去走一趟嗎？去調查那邊農村的作業，畜牧，然後請你擬一套改進的計劃。」

「好的。」我毫無猶豫地答應下來。

「可能那邊很苦，不過我會派兩個人跟你去，明天就動身。」

於是我們又談了許久關於工作進行中的細則。我不怕苦，我正想找些刺激，難怪有人情場失意就去投身戎伍，那也不失為找刺激的正當出路。東部之行，可能讓我從困難的工作之中把林芳忘去，

我將把自己的身心完全獻與工作。

就這樣決定了，可是當我下午回到宿舍，林芳正坐在會客室裡。

我把她讓到房間裡，一時不知說甚麼好，想起她的嬰兒，我說：「孩子離得開你嗎？」

「他吃奶粉的，吃了睡，睡了吃，乖極了。」

「真是疼母親的兒子，所以把你也養胖了。」我與林芳說話，從不放棄調侃的機會，六年前就是這樣，現在又故態復萌。

「甚麼時候再到我家來玩？」

「不知道，我還沒告訴你，我將要到東部去，就在明天。」

「真的？怎麼前天沒聽你談起？」她將信還疑。

「這是今天上午的決定。」

她又問我幾時回來，我說料不定，不過即使回來，我也不會再到她家去了，我說：「林芳，前天你一定恨那兩位鄰居太太吧？」

她低下頭去，久久不出一語。

「我也恨她們，」我說，「我心裡直暗暗地罵她們是魔鬼。可是回來之後，我想了很多，又覺得她們實在是披著魔鬼外衣的天使。因為若不是她們，我真不知道我會做出甚麼事來。林芳我太愛你了！愛而不去佔有，真不是常人所能辦到的。六年前我還沒想到愛是這樣的折磨人，所以今日這個苦果是對我最好的懲罰。」

林芳哭了，她說：「你還記得我們那天爭論的內容嗎？」

「記得，完全記得。」我不再逃避，決定面對現實，「那時我不同意你的看法，但今天我仍不同意你的看法。不過，那時的不同意也許是逞意氣，今天的不同意可是確確實實的不同意了！」

「毅岑，那次的不同意一誤就是六年，人生有多少個六年？現在你為了不同意，又預備拿一生來下注嗎？」

「此刻拿一生來下注的究竟是誰呀？人生可不那麼簡單，我求你不要再逼我了，林芳，你要幫助我，幫助我做一個永遠能夠昂然闊步的人，你的家庭是這樣美滿，兒女都有了，何苦定要把我拖下泥坑……」

林芳不再哭了，臉上卻有一種受了傷的表情，她帶著七分驚訝三分無奈的眼神望著我，我抱歉地拍拍她肩膀道：「原諒我，我說得過份了！不過，你要知道，這兩天我已經被折磨得夠苦了。我發現我們仍在繼續六年前那場爭執，只是六年前我的固執是愚昧的，此刻卻是命運迫使我必須頑強地堅持己見，然而我明知你也沒有錯，這就是我煩惱的原因！」

「毅岑，請你給我一個諾言吧。」她終於平靜地站了起來。

「甚麼諾言？」我握著她的手，緊緊地。

「回來以後，一定要再來看我。」

「好。」天知道我這諾言究竟有多少誠意，可是，我畢竟愛她呵，且看東部之行的工作究竟有無成就，且看我是否能從工作裡面把她遺忘。

她走了，我把她送出大門，又回到樓上憑欄遠遠地望著她，見她姍姍地走進暮靄沉沉的樹叢之中，我恍惚又看見她那穿著白色曳地長裙推著孩車的倩影，鬈髮束在腦後，眉目如畫，玲瓏雙足踏在半高跟的平底涼鞋上面，風姿綽約。

「祝福你，快樂的小母親！」我輕輕地把祝福遙遙拋過去。天色漸暗，黃昏第一顆星已經出現，新生南路的景物，恰像一位憂鬱的少婦，顰眉蹙額，帶著無聲的太息。

邱比特的箭鏃

（一）

親愛的爸爸：

現代的交通速度真是驚人，三天之前，我還在佛勞倫斯欣賞那美麗的景物，意大利海樣碧藍的天空，從此成了我生命中永遠抹不去的色彩。因為在那兒流連的半月裡，我認識了斐。哦，爸爸，你一定知道他，並且會喜歡他的。在國內時，他曾到你工廠裡去實習過。是個誠實、努力，而又十分瀟洒的可愛的青年。他已在美國讀完了兩個學位，趁就業之前的一段空閒時間，到歐洲來作短期的遊歷，就在那幽靜的松林中，我們相遇了。

他顯然也很喜歡我，但他對我可能僅僅是喜歡而已，正如英文中Love與Like兩個字，雖然都以L開始，意義卻不大一樣。因為後來我才知道，他已有了妻子還有一個女孩，不幸我卻認了真，爸爸，我非常的難過！我不知道我是否已經愛上了他，人們說愛神要來的時候，往往是穿著軟底鞋兒的。

也許我現在便談到戀愛問題還嫌早一點，甚至是一種感情與時間的浪費，因為我知道前面還有錦繡鋪成的大路在等著我。但是爸爸，我離開你已經五年了，媽媽又早在我剛剛解事的時候去世，五年來我懷著孤獨的心情到處漂流，我的黃昏與黑夜常在孤獨的旅程上度過。我對這樣的日子已經厭倦，我渴望有一個可以慰我孤獨的終身的伴兒，更渴望在感情上找一個棲息的所在；否則即令我成名，也只能給我帶來成名以後的寂寞。爸爸，五年不見，我已不是以前的我了，我比以前知道的多些，也比以前需要的多些，我願意愛人，也願意被人所愛。——為甚麼不應該呢？

然而，我們到底又淡淡的分別了，帶著淡淡的惆悵與迷惘。雖然他說不久之後，他也要到美國來，但佛勞倫斯那松林的倒影，打著槳的船兒，都只好從夢裡去追尋了。在這兒演唱完畢以後，我將沿著檀香山、日本、香港，一路演唱，回到你的身邊，我將試著把他遺忘。

現在我正身處四面都是可憎的摩天樓的紐約，紐約給人的印象是緊張的、忙碌的、奇怪的；那金門大橋與地下鐵道，只能給人以高度物質文明的象徵的感覺，和佛勞倫斯充滿內涵之美的景物相較，簡直是不可思議的。說真的，爸爸，我不大喜歡這個地方。

我的老師們正在為我佈置，大約一星期後，我就要在這兒的一個音樂廳，作為時二週的演唱。雖然對我自己的經歷來說，從那不勒斯、翡冷翠、米蘭，以至威尼斯、魯加塞卡等這些地方，先後公開演唱已有三十幾次，但紐約這城市畢竟太繁華了，真可說是個人文薈萃的地方，世界各處的音樂家、畫家，都想到這兒來一顯身手。我很害怕，爸爸，但願那天我不致怯場。

（二）

親愛的爸爸：

前幾天（抵紐約次日）曾寄一信給你，收到嗎？爸爸，我告訴你，我在這兒遇見了一位生平最令我崇拜的女人。

昨晚K教授告訴我，有一位中國籍的黃女士，是他多年的朋友，很想見見我這個年輕的中國女高音，所以他在今晚約了我們出去吃中國飯。

看見黃女士之後，我為她那不凡的風儀所傾倒了。雖然初見面時，我們談話不多，但從那眼神裡，我看得出她是非常的高興，說得肉麻一點，我們頗有「相見恨晚」之慨。

她問我在甚麼時候離開祖國的，又問我故鄉在那兒，以及過去所住的地方，所讀的學校等等；最後她感慨地說，她問得太多了，但我必須原諒她的嘮叨，因為她離開祖國已經二十年了。初離開時，她曾發誓她永遠不要回去，最近幾年她忽然又出奇地想念祖國，然而不幸，祖國已經面目全非了。她雖終身不談政治，但民族意識與國家觀念還是很強烈的，這是她到現在還流落異國的原因。既然回不去，她覺得能夠談談鄉土的事物似乎也是一種慰情於無的享受。

出於一種壓抑不住的好奇心，我冒昧地問她：「黃女士，當時祖國何以使你這樣傷心呢？」K教授笑了起來，她彷彿覺得自己失言，連忙答道：「也沒有甚麼，只是那時太年輕，有點孩子氣罷了。」說完她自己也笑了，便將話題岔開，從中國飯，談到國內各地的烹調。她想起我是福建人，她讚美道：「我奇怪閩菜竟不能在川、揚、粵菜之間佔一地位，福建菜是我最喜歡的口味了。」於是她又轉向K教授形容福建菜的好處：「醇美而不油膩，精巧、乾淨、別緻。」她忽然若有所思地問我：「你們同安有位陳安治先生，你可知道？」我從心底笑出來，我說：「他正是我的父親。」

天呀！她的臉色突然變得蒼白了，我膽怯地問：「你認識我父親嗎？」她裝作淡然，其實多少帶些激動地答道：「不，我只認識你父親的一個朋友……你父親還在大陸上嗎？」我說：「不，他早就到臺灣了。」她好像漸漸恢復了鎮定，但此後一直到我們分別，她都很少說話了，時常出神地看我，可是當我再看向她時，她又避開了，彷彿惟恐我從她臉上看破了甚麼秘密，這使我私下裡非常吃驚。

爸爸，我怎麼告訴你關於她的一切呢？我覺得世上儘有許多美人兒，但好像都是從一個模子裡倒出來的，沒有個性，沒有神韻，更談不上風格。只有黃女士，雖然瘦瘦小小的，並不是長得如何了不得的漂亮，但她有一種超塵出俗的優美的丰度。今晚簡直把我看呆了。她穿一件合體的玄黑絲絨旗袍，領口別了一枚亮閃閃的胸針，薄施脂粉，淡掃蛾眉，穿一雙黑麂皮高跟鞋，走路矯健而又文雅，說話的聲音非常悅耳，甚至連她的微笑、沉默、轉側、取物、駕駛，舉手投足之間，都與別人不大相同。我想上天對她是特別鍾愛的，要不為甚麼在有形的軀體之外，更給她以這種無形的光輝？她恐怕已經快四十歲了，但我想這無形的光輝是超時間的，決不會隨青春而老去。

後來我從K教授的談吐中又知道她是專攻物理的，曾經到過歐洲很多地方，最近十年方在美國定居下來，潛心研究，有很高的成就。現在美國研究原子能的科學家，有好幾位中國人，她就是其中之一。她是研究放射性原子能的，很為同行所推重，但也許正因為過於專心致力學問了，她至今還是獨身，似乎從未想到結婚的問題。

這使我對她更加崇拜，以我的成就來跟她相比，真是太渺小了，也太不值得了。女人之中能夠唱唱跳跳的是太多了，但在科學上有成就的實在罕見。爸爸，我懊悔自己當初為甚麼不習科學卻選上了音樂？你自己也是習科學的，為甚麼當初不讓我來繼承你的志願而聽任我去學音樂呢？

還有，那位黃女士你知道嗎？我猜想她可能曾經是你一位朋友的愛人——上帝寬恕我的放肆，我只是這麼猜想而已。——但假如我沒有猜錯，我想你那位朋友若不也是一位了不起的男子，便是一個糊塗蟲！

（三）

親愛的爸爸：

到紐約之後，已經寄過兩封信給你了，可是我一直還沒接到你的來信，究竟是為甚麼呢？你身體一向健康，忙也是尋常事，那麼究竟是為甚麼呢？明天我就要在這世界第一大都市登臺演唱了，然而登臺的前夕，我竟不能在你面前得到一點鼓勵，爸爸，我要說我非常失望！

但我多麼感謝黃女士，原來這一星期她是在休假中，自那夜分別後，她每天都來看我，聽我練唱，陪我休息，和我在一起用膳。她不是一個絮聒的人，也從未給我一句讚美，但她那雙眼睛是會說話的，從她眼神裡，我彷彿預見了自己的成功，像所有正在奔向希望的人一樣，我的靈魂深處也在快樂地歌唱。

K教授非常高興她來給我做伴，並且對於我之能夠得她如此歡心，感到驚訝。因為她在我旁邊一點也不像個生客，也決不會驚擾我；反之，她在我旁邊竟成為一種穩定的力量。每當我因苦練而有些不耐煩時，只要回頭一看見她那雙充滿關注的眼睛，我就很自然地又振作起來了。爸爸，本來在她面前，我常覺得自己太渺小，但由於她對音樂的愛好，又使我覺得這努力是極有意義的。

寄給你的照片，是我和她在休息時，K教授給我們攝的，爸爸，你看她多美！在她旁邊我除了顯得年輕之外，還有甚麼呢？假若一個人多長幾歲就能出落得更美，那麼讓我快點老，好嗎？K教授說，她真像我的大姐姐，但後來他又說，她恐怕已經四十多歲了。在他的印象中，這些年來，她簡直沒有甚麼改變，如果一定要吹毛求疵的話，那就是她變得更美了。

噢，明天，緊張的明天，爸爸，你為我祈禱吧！

（四）

親愛的爸爸：

今天已是我演唱的第五夜了，聽眾的擁擠，真是盛況空前，是我開始旅行演唱以來所未曾遇見的偉大場面，成績也相當滿意。"Horch, Horch die Lerch" 與 "Madame Bufferfly" 歌劇中的 "One Fine Day" 幾乎每場都被熱烈地要求重唱，尤其是 "Horch, Horch die Lerch"，K教授說聽眾們所以為這支小歌而發狂，除了其他優點之外，大約還因為我的音色與這支小歌特別相配，唱來格外動人之故。爸爸，你曾聽過我的錄音，你覺得K教授說的對不對呢？他說我的音色甜蜜、柔美、清亮，而又嬌嫩，像一個小公主的聲音，所以我的音色是有個性的，與別人不同的，但是爸爸，我很擔憂這可愛的音色將隨年齡的增加而有所改變。

你的來信已經收到了，謝謝你的鼓勵，可是關於斐，關於黃女士，甚至關於我回來的事，你竟無隻字提及，使我多麼失望啊！而且來信字跡潦草，顯得精神渙散，更使我耽心你的健康，因為在這以前，你從未這樣過，我很掛念。

斐來了，在我登臺的第一夜便來了，送了一隻大花籃給我。他和黃女士、K教授等，都坐在第一排，自始至終，我看他們比我自己還緊張，比我自己更盼望成功。很奇怪的，我自己倒坦然了，並沒有怯場，因為我發現我是被這樣有力地支持著，我相信我會成功的。

那天演唱完畢，黃女士、斐、K教授和C教授，以及他們的朋友、記者先生，隨著一部份聽眾組成的人流擁到後臺來看我。黃女士的眼睛裡竟閃著淚光，我也幾乎流淚了。至今我不知這眼淚包含著甚麼意義？大概是樂極生悲吧？多年來的努力，總算得到收穫了，但我願將這榮耀歸予我的爸

爸——親愛的爸爸，謝謝你全心的培植！

我很疲倦，我必須休息去了，最難應付的是那些記者先生，還有因為演唱而帶來的社交活動，把一個本來已很疲倦的我，更攪得連自己是否存在都有些意識模糊了，我常覺得那與人握手、點頭、寒暄的是另一個我，不是真正的我，真正的我只是不斷地喚著「我要休息！」「我要休息！」

附上一些剪報，你可以從這兒看見你女兒演唱時的丰采，以及輿論所給予的批評。

（五）

親愛的爸爸：

我在紐約的演唱已經圓滿結束了，本來我要回到你的身邊，但是費城一個交響樂團預備邀我到那邊去演唱，我正在舉棋不定。

本來，我應當毫不考慮地接受費城的邀請，但是半月以來，我的心情又有了很大的變化，誰說愛神要來的時候是穿著軟底鞋兒呢？不，我忘了愛神根本不穿鞋，不走路，他只輕揚雙翅，從雲端裡「颼！」的給你一箭，便將兩顆心串在一起了。不但串在一起，而且使人願意為它流血，一至於死！爸爸，我是自由的，斐卻是一個不該再去愛的人，這命運的前途是福呢？還是禍呢？……

我想擺脫它，但我軟弱無力。斐實在太可愛了，這些年，追逐在我周圍的男孩子也不少，竟沒有一個曾經打動過我的心，惟有斐是例外。

爸爸，我像一隻落在蜘蛛網裡的蝴蝶，越掙扎，越糾纏，這可怎麼辦呢？怎麼辦呢？

（六）

親愛的爸爸：

拍來的電報收到了，但是遲了一步，我已與費城交響樂團簽訂了合同。

我已決定為邱比特的箭鏃流血至死，不管前途是福、是禍！

沒有人能改變我了，請寬恕我的不孝吧，爸爸，我想，你曾經是過來人，你會原諒我。

（七）

親愛的爸爸：

這封信與上一封信的時間雖然相差只有十天，但在心理上的距離卻像有一個世紀那麼長久了。

我該怎樣開始寫這封信呢？又怎樣結束這封信呢？我真不知怎麼說才好，但不必懷疑的是，若我希望把這封信有條理的寫出來，我必須先使自己的頭腦冷靜下來。

有一天晚上（大約是前天或大前天）黃女士來看我，她帶來一封陳舊的信，爸爸，容我把它抄在這裡——

小鹿：

很難過那天使你這樣傷心，讓一切都過去吧。

回來以後，我經過多日考慮，覺得最好的辦法還是和她離婚，可是離婚只有兩種方式：一、控訴離婚，說她那歇斯的里的性格對於我是一種難堪的虐待。二、協議離婚，跟她好好地商量，夫婦感情既不能勉強，不如分手為妙。

然而第一個方式行不通，因為依照法律，虐待必須至於損害健康的程度，構成了傷害罪，才能據為訴請離婚的理由。第二個方式也還是辦不到，因為她是個沒有能力靠自己維持生活的人，一定會向我索取鉅額的贍養費，而我如你所熟知，由於操守廉潔，除了為國家建設這份生產事業所換來的「地位」，真是一身之外無長物。

既是這樣最好的兩個辦法都行不通，只有退而求其次，照你說的，讓我們出奔國外。我在德國、美國，也還有些朋友，去了以後，生活是不成問題的。不過小鹿，你一定也知道，生活與生存是兩件事，一個有理想的人，不只是有飯吃就滿足了，他還要實現他的抱負。

小鹿，我非常慚愧，其實我沒有資格跟你談這些，我既是個有理想的人，就不該眼看著，甚至拖你一同來到這懸崖邊上。不過，假使當初耶和華創造亞當的時候，先抽去了身體裡「感情」的成份，或者人們能夠永遠站在超然的立場來看自己的事，應已個個都成了大智大慧，希聖希賢。親愛的小鹿，我不是故意為自己文過飾非，說實在的，當初我只把你當做我的知己。我的家庭很不幸，我的事業也經常遭遇困難，但沒有人關心我在事業上所遭遇的挫折，尤其是我的太太，她除了一百三十六張，只知跟我無理取鬧。我一直切齒痛恨嗜賭的人，但是自從發現賭博反能給我帶來暫時的安靜，我竟不再反對，甚至歡迎賭博了，人生至此，也夠痛苦的了！

感謝你曾給我的安慰和鼓勵，我曾度過人生最可懷念的日子，你不僅是我事業上的好幫手，並且是我生活上的好伴侶；古人說人生得一知己，可以死而無憾，我相信亦唯有我最能體會個中真諦。可惜好景不常，我們的友誼竟在很短的時期之內結束，而進入另一階段了，無怪王爾德要說「男女之間無友誼」。

這另一階段的生活雖給我們帶來更多的快樂，但也給我們帶來更多的煩惱，因為它是不容於現實的，於是，你我都心碎了！小鹿，承認辜負你對於我是一種羞辱，但我願向你立誓：我一生除你之外，沒有愛過第二個女人。

然而我知道自己沒有權利佔有你，更不願將目前這一不容於現實的邪惡姻緣繼續下去。小鹿，你就把我當作一個永遠忠於你的僕人吧，在任何境況之下，我將隨時準備接受你的驅策。

我願意見到你幸福的結婚，不過千萬記住，再別與已婚的中年人相愛，特別是已在事業上小有建樹的。因為中年人本來就失去了青年人那種富於冒險的性格，再加上已婚之身而在事業上又有了建樹，顧慮就更多了。每一個中年人都有他自己奮鬥的背景，生活的背景，這由時間與空間構成的因素，對於在事業上求發展的人，正如水之於魚；而愛情，只是水草而已。沒有水草，魚兒可能活得很艱困；但沒有了水，魚兒根本就不能生存。

親愛的小鹿，讓一切的不愉快都過去吧，還像以前似的，讓我們永遠是密友、諍友、畏友，終此一生，長毋相忘！

＊＊＊＊＊＊＊

當我把這些看完以後，驚問誰是小鹿？黃女士平靜地說：「當日你父親對我的稱呼，最初是好玩，後來竟成了習慣。」

爸爸，出乎你的意料之外，我沒有昏過去，不能說不是一個奇蹟，但我很久很久，只聽見自己的呼吸，彷彿這世界上的一切都靜止了，凝結了，連她也在內。

爸爸，我多麼愚蠢！在我心目中，黃女士是了不起的，你也是了不起的，但我做夢也沒把她和你聯想在一起，正如月亮不可能傍著太陽一樣。可是，我多麼，多麼的愚蠢！月亮儘管永遠在與太陽捉迷藏，其實她與太陽的關係又是何等密切……可是，令人吃驚的還在後面——

大約過了很長一段時刻，等我從怔忡中醒來，黃女士又平靜地說：「假如我是一個小說家，寫我自己的故事，臨到這兒，忽然揭開了女主角和她女兒之間的一道幃幔，讓母女抱頭痛哭一場，這結束的手法是何等的庸俗？……所以從見面以來，我便沒有這個意思，我們能夠做個好朋友，讓我儘量關注你，愛護你，不也一樣嗎？何必讓你知道人間有這樣傷心事呢？」

「你是說……？」我簡直不能相信，天呀，我真快要昏過去了！可是母親早已去世，我看著她入殮的。

「且別管那些。我只說，我拿這封信給你看，是為了我知道你最近正遭遇一個和我當年相似的問題。我不但要你看，並且要你知道我當時看了這封信以後的心情，孩子，你願意知道嗎？」她似乎有些激動了，我更激動得有些發狂，只拚命搖撼她：「怎麼不呢？」但我隨即感到自己的殘忍，連忙又說：「啊，還是不要吧，不要！」我何忍看見她竟也會傷心！

可是她倒又恢復了平靜，不顧我的反對，像談著別人的事：「你父親寫這封信時，他還不知道一個更嚴重的問題——在我的身體裡已然有個生命在成長了。——假使換了別的女人，也許早就跳了長江，不過，假若我讓你父親知道這個秘密，他一定會改變原來的打算，但我沒有這麼做。……現在讓我問你，孩子，你覺得父親怎樣？」

我略一遲疑，想了一想，不禁憤然答道：「他對不起你，他太自私！」

「但我不是這樣想，因為我愛他。」

「當然我是痛苦的，和所有的女人一樣，也曾想過自殺。這樣似乎對於大家都好，既成全了你的父親，也解脫了我的痛苦。」

「然而生命是珍貴的，當時我已二十二歲，受過父母辛苦的撫養，受過國家艱難的教育，當我有生之日，從未想到如何報答，如今為了愛情的不幸，就忽然要把自己毀滅，想到這兒，我覺得比死還要悲慘！況且，假使一個人連死都不在乎，世上又還有甚麼辦不到的事呢？」

「於是我預備請醫生將我身體裡這個血泡拿掉，讓我重新做人。但一轉念，又於心不忍，因為生命是珍貴的，尤其是我和他既已分手了，能夠留下一個珍貴的生命來紀念我們的愛情，不正是上天最憐恤我的安排嗎？」

「謝謝天！我幸虧沒有這麼做。而你竟是這樣的出色，比你的媽媽出色得多！」她情不自禁地在我額上吻了一下，我卻不知在甚麼時候已流下了眼淚。

「但為了你，也吃盡千辛萬苦，受盡冷嘲熱諷。一個少女生了孩子，是罪惡，至少在當時是個不赦的罪惡，彷彿中國雖大，竟沒有我可以容身之處。為了父母的顏面，也為了我還要活下去，我只好把你交給你的父親，自己出去流浪了。我是託一個天主教醫院的嬤姆把你送去的，後來你父親曾到處登報找我，我只是避匿不見，這時倒並不是為他著想，而是痛定思痛之餘，真有些恨他了。我既好容易從感情的漩渦裡鑽了出來，怎麼還會再陷下去呢？」

「後來我走遍歐洲，流浪生涯並不能醫好這內心的創傷，我終於在美國定居下來，努力讀書。我常悲歎女人為甚麼要聰明呢？為甚麼要讀書呢？假如我是一個庸庸碌碌一無所知的女人，我的痛苦一定不會如此之甚，但真到了痛苦的關頭時，也只有讀書才能幫我渡過。」

「然而要把痛苦完全遺忘，是不可能的，因為——」她說到這兒頓了一下，終於吃力地結束了這句話：「我到底還是愛他。」

＊＊＊＊＊＊＊

故事完了，似乎地球又恢復了轉動，我感到了現實的存在，以及牽涉到現實的一切，我想起了你，我說：「父親的確沒有愛過第二個女人，在我記憶中，我的母親——不，他元配的妻子去世時，他才四十三歲，很多朋友都勸他續絃，但他沒有，直到現在也沒有……不過，他老了，當我離開他時，已有不少的白頭髮了。」

「不，在我心裡，他是年輕的。」她似乎有些吃驚，不同意我的說法，「而且永遠年輕。」她更固執地加上一句，但終於黯然低下了頭，「只是，為了種種世俗的牽掣，我們都已虛擲了人生最寶貴的時光。」

語音輕得像一根銀針飄落在夜空裡，帶著無聲的嗚咽，無奈的感傷，當她再抬起頭來，已經滿臉是淚，我也哭了。

「媽媽，你的成就是可羨的啊！」我這樣安慰她。

「可是如果上帝將命運交給我自己選擇，我寧肯選取幸福的生活。」

「年輕人很容易與人相愛，然而很少人真正懂得甚麼是愛，溜冰、划船、跳舞、游泳，只是愛的遊戲的一面而已，愛的涵義決不如此簡單，它還有義務、責任、諒解、奉獻等等，更莊嚴的一面。

為邱比特的箭鏃流血，也並不容易呢。孩子，如果你預備與斐相愛，除非有你母親的能耐——把一生都為他犧牲，而他可能永遠也不知道！」

夜深了，黃女士——不，我所崇拜的偉大的媽媽離開我了，我幾乎不知她是在甚麼時候走的，她讓寂靜來陪伴我沉思，讓我從沉思中去決定我的方向。

但這安排是多餘的，差不多就在她剛走，我立即站起來追她，莫名其妙地追了好一段路，她聽見我的聲音，回過頭來，溫柔地問我還有甚麼事，我張開嘴，卻像被甚麼東西塞住了咽喉，支吾了半天才囁嚅地說了一聲：「祝你晚安。」

我本來想問她，是否願意和我一同回到臺灣，但我終於沒有說出來。我要說爸爸我恨你！你是這樣輕薄、自私、殘忍！你只合去玩弄那些淺薄庸俗的女人，你根本不配接受我母親的愛！她為你犧牲得太多了，名譽、地位、青春、幸福，連同做人的尊嚴，乃至整個的一生！你不配，一千個不配！因為你，我恨極了所有的與人胡亂相愛的有婦之夫！

明天我將仍舊履行我的合同，到費城去演唱，至於在那邊演唱完畢之後是否回到臺灣，我還沒有決定。但有一點可以使你相信，假若我仍舊留在美國，決不是為了斐。

親愛的爸爸，再見！努力抱住你的理想與事業吧，原諒你無狀的女兒。

失去的婚禮

陸琪在昏迷的高熱中，潛意識依然在活動著，那隻枯瘦的手緊緊地抓住我：「曼怡，曼怡……你寬恕我嗎？……」

「不要再提起了，一切都已過去，我早忘了。」我呆望窗外搖撼的樹枝，木強地回答。

她長歎一聲：「唉，一切都過去了，……假如上天允許我再活一次……」

她忽然鬆了手，在被頭上用十個指尖點來點去，豬肝色的臉上顯出一種神往不已的笑容。

我看著那笑容，覺得它比哭還要悲慘，心一酸，不禁落下淚來，她分明又回到那所藝術師範學校去了。

那是十七年前在桂林的事了，我跟她同班又同寢室，我倆一度感情很好。

也許是前世的冤孽，她曾告訴我，早在我進考場那天，她就「看上了」我，跟她同伴說：「瞧，這傢伙多美！」

後來報上放榜，我被錄取了，她考了個備取，經人說項一番，也入學了。進校那天，滿耳都是陌生的廣西女孩在喊喊喳喳，正覺孤獨而又寂寞，一發現我，就像舊友重逢似的高興。

我們不僅同班、同系，而且她睡上舖，我睡下舖，一直同進同出，互相照顧，可是不久之後，我便發現我跟她太不一樣了。

她的家境很好，父親正是那時政治舞臺上的一位紅人，兄姊也已自立門戶，她成了父母面前唯一的明珠，脾氣非常驕縱。只要她想獲得一件東西，這東西就非到手不可，雖然她可能並不真喜歡這件東西。

在她心目中，大約沒有不能到手的東西，唯有學問例外。所以初進學校，好像還很用功，及至後來發現所學的藝術遠不如她想像中那麼容易，而且不是可以用金錢去換取的。於是在摔掉幾枝畫筆，撕掉幾本琴譜，紅臉瞪眼地詛咒一番之後，又捨不得離開學校，她就索性敷衍老師了。只是課外活動，話劇、遊行、演講這些事都少不了她，男朋友一大群，她成了校中鋒頭最健的人物。

說到我自己，在進初中那年，先是父親死於高血壓，接著母親由於哀痛過甚，不幸神經失常，竟關進了瘋人院，剩下孤苦無依的我，不得不寄食於舅父家中。從此對於四周的人情冷暖，我似乎特別敏感，惟一使我感到幸運的是我的舅父待我很好，舅母也是極有教養的婦人，從不疾言厲色。五年來，我們一直相安無事。

可是舅父的經濟狀況不大好，他是一位中級公務員。自從抗日戰爭開始，他們的生活由小康逐漸走向下坡，因而當我到他們家裡去時，已無力供應我求學，除了兩個小表弟，上面四個大的教育費就已夠他張羅的了。

舅父顯然時常為此耿耿於懷，有時望著我歎息著說：「曼怡，如果你比現在再大幾歲就好辦了，給你找個書記錄事之類幹幹是沒問題的！」

「不要緊，大舅，我不進學校也可以自修的。等我自己把書念好了，您再給我找事好了。」

日常，我幫舅母料理家務，學烹飪、學洗衣、帶領兩個小表弟，早起晚睡，空下來便將大表哥上學期留下的筆記和教科書拿出來溫習，不懂時便向大表哥求教，他常誇獎我聰明，使我更有了努力的意志。

感謝我的大表哥，他使我從書本裡拓開了智慧的領域；因為求知慾方面的滿足，我已逐漸忘了身世的不幸，與生活的艱辛。然而好景不常，大舅一家的生活，隨著通貨膨脹，日陷窘境，常常弄到寅吃卯糧。就在這時，忽然有人在大舅面前提起我的婚事來了。

那男孩子還在湖南大學經濟系二年級讀書，是他父母看中了我，他們與大舅是多年的朋友。

「曼怡，你自己的意思怎樣？」舅父問我。

「——這事來得太突然了，大舅。」

我也不知怎麼回答是好，因為我從來沒想到這些問題。

「是的，」舅父和藹地說：「你還只十七歲，提婚事似乎太早了，但我也決沒有勉強你的意思，只要你願意跟大舅，吃飯吃粥總有你一份……」

我忽然傷心地哭了起來，似乎父親去世，母親入院，我都不曾這麼傷心過。然而，我終於吞嚥下無可奈何的悲哀，承諾了這項婚姻。

那男孩子叫蔣麟琛，我見過他。眉清目秀，文質彬彬，態度還不討人厭，可是除此之外，也就沒有甚麼更深的印象了。訂婚之後，我們通過信，平平淡淡，這大約是由於他奉家長之命，我則有著極深的自卑感的緣故。

當陸琪第一次攔劫了我的情書，知道寄信人是我的未婚夫時，竟失聲叫了出來：「見鬼！為甚麼你要這麼早訂婚呢？你自己的條件這麼好，為甚麼不再好好地玩幾年呢？」

她怎能了解我呢？

訂婚之後不久，我發現大表哥忽然變得非常沉靜而又怪僻，不大理睬我了。這使我非常難堪，我不知自己在甚麼地方得罪了他。可是後來我又發現，他不只對我如此，對所有的人都一樣。

這突然的轉變使一家人都非常不安，以為他是得了甚麼病症。舅父和舅母都曾私下裡問過他，但他沉默不言。

這樣大約過了不到半年，在一個春天的早晨，大表哥忽然不告而別！舅父急得幾乎癲狂，到處尋訪都無下落。直到兩個月以後，才知他已去了延安。舅母一聽到這件事，便昏了過去。她在民國十九年的江西故鄉時，曾經領教過那種世面的。她悔恨不早對自己的孩子們談起這一切，而現在，她最疼愛的兒子竟自動送上了虎口。

這個春天，就這麼過去了。雖然四野充滿蓬勃的生機，這個家庭卻因大表哥的出走而顯得死氣沉沉。

不久，夏天來了，我和二表弟把棉被收拾起來，送上閣樓。當二表弟從梯子上下來時，我看見他的手裡拿著一本塵封的精裝本子，他的臉上帶點神秘的樣子。

晚飯桌上，大家的臉色都有些怪異，直到吃完飯都沒有誰說過一句話，彷彿誰要不小心哼出一個字來，就會使空氣發生爆炸似的。

飯後，我在廚房裡洗碗，聽見舅母在哭泣。我心裡一亂，失手打碎了一疊飯碗，我真不知他們攪些甚麼，我也坐在柴堆上哭了。後來，舅父進來了，手上拿著那本書，說道：「曼怡，不要只管發悶，反正事情已到這步田地，給你看看也好。」

天，那原來是一本日記。我真真沒有想到，大表哥竟愛上了我！記載在日記中的，是他對我的同情，對我的愛憐、讚美、與思慕。可是他的性格是如此內歛，在我訂婚之前，他始終不曾向我表明，只在日記裡寫下他的痛苦與詛咒；他罵我中了封建思想的遺毒，居然聽從家長之命，跟一個毫無感情的人訂了婚。他恨我，也恨自己。他在上面這樣記著：「為甚麼不早向她示意呢？我為甚麼要眼看著誤事呢？哦，這份介乎兄妹與兩性之間的愛，把我自己都攪糊塗了。以前我不覺得我在愛她，一旦她已屬於別人，我才發現我愛她已經很久了。」

他的性格雖然內歛，個性卻很倔強，對現實既已不滿，甚至難以忍受，便決定遠走高飛，希望從另一新鮮而刺激的生活中，忘了這段羅曼史！

然而，對於大表哥，我的內心一直充滿著感謝和尊敬，但我從來沒有愛過他。不，在我的生命裡，就不曾想到我該去愛誰。愛情對於我，是遙遠的。看完了大表哥的日記，使我感到滿心的傷痛與懷念。我真沒料到，我會變成這件事的罪魁。如果沒有我，大表哥可能不會離開家庭的。

大舅雖然始終不曾遷怒於我，我卻日漸覺得在這家庭裡已無法自處。一天，我從報上發現了廣西省立藝術師範學校的招生廣告，上面寫著：供膳宿、免學費，畢業後須在本省服務三年。這種待遇對我太合適了，因此，我雖知自己學業能力不濟，也願一試。

僥倖我竟考上了這個學校，只是還未讀完一學期，便支持不下去了，原來琴譜、顏料、紙張、畫筆等等……都要自己置備，舅父給我的零用，根本不敷開支。教務主任賈老師知道我的情形之後，當即善意勸告我，如其讀完一年而被迫退學，不如早作打算。因為按照規定，讀過一年退學，是要追回膳宿與學費的。

不久，賈老師替我介紹到全縣一所軍事機關的子弟學校去教書，這個縣城，位於湘桂鐵路上。

一個春天的夜晚，我在桂林渡過假期，準備再回到學校。那時雖然春假已過，可是多變的南國季節，使那夜又嚴寒如隆冬。大約十一點光景，離開車還早，我帶著一隻小皮箱，瑟縮地坐在候車室中的長椅上面，兩手插在舊大衣口袋裡，又冷又睏。

右邊就是一家小商店，陳列著罐頭、蛋糕、糖果、香煙之類，還有一排五顏六色的雜誌高高地掛著。小商店中闃無一人，燈火幽暗，整個站上冷冷清清，只有一兩個路警在柵外寂寞地逡巡。近處有個腳伕靠著臺階蜷伏一團打盹。遠處車頭在耀眼的燈光之下噴著白汽，並且不斷地發出單調的掛鉤碰擊之聲。

如此寒夜，又如此寥落悽清，我忽然忘了疲乏，有點害怕起來，心神不寧地瞻前顧後。就在這時，有個年輕的男孩正站在我旁邊，笑瞇瞇地望著我。那純潔真摯的笑容，在我記憶中至今仍清晰如昨。

害怕的感覺立刻消失了，我安詳地對他微笑。

「到那兒去？」他開口了。這時我才發現他有兩排潔白整齊的牙齒，是一個非常討人歡喜的男孩子，穿件鐵路職員的黑布棉大衣，方面大耳，稍稍帶點病容。

「到全縣。」

「全縣？旅行去嗎？」他問。

「教書。」

「哦？」望著我一雙垂肩的髮辮，他似乎有些不相信。

過後，他告訴我，他姓王，名叫志傑，在北平育英中學讀書，已經高二了。蘆溝橋事變以後，他曾經幹過游擊隊，被日本人逮捕過，受過刑，因為鼻子裡灌過水，嗆出血來，以致得了肺病。後經父老資助，逃到內地來休養，在桂林北站經營一個小商店，藉此維持自己的生計。

我對這位年輕的英雄肅然起敬，不禁關心地問道：「生意還好吧？」

「不錯，現在本錢都還清了，商店完全是我自己的了，維持生活還有餘，偶然我還接濟一下往日的同學呢。」說完，又有些感慨似的嘆道：「他們都進大學了！」

旅客漸漸多了。我說：「你去照顧櫃臺吧。」

「不，晚上沒甚麼生意，頂多賣幾包香煙，我在這兒也照顧得到。」

他跑過去把小商店的電燈捻亮，索性坦然地在我身旁坐下，我們又繼續談天。談起他在游擊隊裡時的種種遭遇，以及他的父母，他的學校……後來上車時，他為我提小皮箱，為我找好座位，掛上大衣，把一切安頓好了，這才揮手下車而去。

以後，我每次來往經過那裡，總會遇見他，他也照例問起我的近況，並且跟我大談其未來的計劃，以及他所喜歡念的書，所喜歡做的事，但從不打聽我的住址，也從未來找過我。

我在全縣教了兩年小學，漸漸感到厭倦，忽然想到結婚。

那是因為有一次因事夜半從全縣趕車，本來跟校工說好要他起來護送，可是到時那校工竟不曾起來，我又不便去敲校工的房門，只得自己提了行李走出學校。

當我穿過一個叫洗馬塘的曠野時，天色開朗起來，月兒躲在密雲中隱隱照見墳地上疏落的灌木，有如鬼影幢幢，我不敢細看，也不敢多想，只橫了心，冒著汗，重重地踏著腳步為自己壯膽。

我走了很長的一段路，好容易快到車站了，公路兩旁才看見有人家，矮矮的木屋，昏黃的燈光映著淺綠窗帘，這燈光出奇的溫暖，這窗帘出奇的美麗，啊，我需要這樣的燈光，這樣的窗帘，還有那香噴噴的小鍋飯，我要結婚，我會把我丈夫照顧得好好地，我決不要再趕夜路了，至少不願再獨自趕夜路。

可是回到桂林不久，現實的生活又把結婚的念頭像雪珠似地消融了，代替的是現實的追求。於是，我再去找賈老師，希望他給我在桂林想辦法找一份職業。

陸琪比以前更活躍了，她成了桂林的名媛，各界人士向貴賓獻花獻旗也找上她。但她總算還沒忘記我，每當我回到桂林，有時還來看看我，約我參觀她的話劇彩排。

三月中旬，我考進了一個國家銀行為助理員，成為一百多名投考者中被錄取的四個幸運兒之一。進去以後三天我便學會珠算，一星期便把儲蓄部工作整個接了過來。

我很忙，但很愉快，因為我發現這種工作比教那些大孩子容易得多。從待遇上說，三倍半於小學教員的收入。我想我已找到終身的職業了。

我跟陸琪雖不一樣，但我仍很欣賞她那份熱情與天真，雖然她是那麼任性，但由於我比較能夠忍耐，這兩年我們依舊相處得不壞，至少在女性的朋友裡，我想我是唯一跟她合得來的了。我進了銀行，她也為我高興，並且常在課後來找我玩。

兩個月之後，我被調進經理室辦理文牘工作。據說要想把助理員訓練成一個標準的行員，必須使她能夠適應任何一個部門的工作。所以必須像走馬燈似的調動，一個部門熟悉了，立刻再換一個部門。

我發現陸琪到銀行走動越來越勤了，有一天我正在擬稿，電話鈴響，拿起來一聽，又是陸琪！

「曼怡，你悶得慌吧？」她在電話裡嗲聲嗲氣地問。

「還好，有甚麼事嗎？」

「告訴你，我學了一首新歌，叫『春思曲』，張沅吉寫的，現在我唱給你聽：瀟——瀟——夜——雨，滴——階——前……」

我來不及攔阻她，瞥見韋經理的目光正朝我射來。他就坐在我對面，甚麼都聽得清清楚楚，我一急，竟把聽筒掛上了。

「甚麼人？」他笑著問我。

「陸小姐，」我怕他不記得，又加上一句，「昨天跟您打網球的那位陸小姐。」

「格位小姐倒蠻好白相！」韋經理又笑笑。

我沒有回答，暗自慶幸他不曾責怪我友人的放肆。

韋經理大約四十歲光景，厚嘴唇，高鼻樑，蓄西裝頭，白白皮膚，矮胖個兒，一副紳士兼買辦的派頭，為人風趣，只是有些輕佻。但在我面前，還算帶幾分上司的莊重。

他的公館在我們宿舍上方一個坡上，從外面看去建築很講究，但只住著他自己，此外便是廚子與阿媽。有人說他的太太死去已經多年，也有人說他的太太還在上海。

他似乎不大出門，但常下來與同事們打網球，球場正在我的窗外。我不會打網球，陸琪卻會，凡是好玩的，而且只要是她會的，她都要出來顯耀一下。

這天黃昏她又來了，一進門便對我說道：「人家歌還沒唱完，怎麼就把電話掛上？」

「韋經理就坐在我對面，聽得清清楚楚，辦公時間，怪難為情的。」

她把肩膀一聳，舌頭一伸，又問：「他說甚麼來著？」

「他——他」我忽然覺得照實說出來不大好，便改口道：「他說你唱得好極了！」

她又把肩膀一聳，舌頭一伸，顯然很開心，瞥見窗外又在打球，便出去趕熱鬧。

以後她每天這時候來，而且來了之後一定要打網球，我常常只見她來，卻不知她在甚麼時候走，因為我雖住銀行宿舍，一星期倒有四天要回家去看看；其餘三天，不是埋頭看書，便是跟另外幾位女同事去打乒乓。

一天晚上，周秘書夫婦忽然請我吃飯，地點在樂群社，據說還有幾位同事也在被邀之列，那是聯歡性質的。我去了，可是只見周秘書夫婦倆，別的同事都不見，韋經理倒赫然在場。

大家隨便談談，等了好一會兒，周太太向她丈夫瞟了一眼道：「他們這時還不來，大概不會來了。」

「對，我們就開始吧。」周秘書附和著。

湯來了，我悶悶地喝著，覺得桌面的空氣有點蹊蹺，不知他們葫蘆裡賣的甚麼藥。

「鄭小姐的家不在桂林嗎？」還是韋經理打破了沉悶的空氣問了這麼一句。

「在桂林的，是我舅父的家，」我胸中毫無城府，竟直說了，「我父母都去世了。」

周太太那雙明眸善睞的大眼又朝她丈夫深深看了一下，我真想站起來逃了，難道我失言了？還是他們見了鬼啦？

大約發現我的臉色不大好，他們這才轉移目標，談了一些別的，我已不耐煩了，尾食還未上來，便起身告辭。

「讓我送你回去吧。」

韋經理跟出來，我急忙謝了，說我沒有坐車的習慣。

「走路也行，我也正想散散步呢。」他還是緊追不捨，一面把他的車夫打發回去。

「不，我還不回去，我要去舅父家。」

「那我就送你到門口，這是我應有的禮貌。你想，我怎能讓你孤零零一個人走夜路呢？」這時已彎進了黑暗的桂西路，他邊走邊說，一面伸手來攙扶我，我急得快要哭出來，假如被大舅撞見，他會怎麼想呢？

「謝謝你，我不是第一次獨自走夜路了，你還是讓我自己去吧！」

我簡直在央求他了，一面使勁掙脫被他攙扶的右臂，不料他索性把我右手也緊緊握住，嘴裡喃喃說道：「鄭小姐，我有話跟你說。」

「有話明天說！」我不再把他當做上司，開始光火了。

「不，我要今天說，你到底是回家，還是回銀行？就讓我在路上跟你說了吧。」

「那還是回銀行吧。」我鬆了一口氣。

「我知道你這小妮子在騙我！」

他笑了，我們一同回過身來，往銀行走。

「經理先生，別忘了我是你的下屬，手先放下來，我不習慣這禮貌。」

他順從地放了手，默默地陪我走過鬧市，又進入冷清清的桂北路。天上月亮正圓，把我們的影子照在路上。整齊的腳步，一聲聲地踏在空落落的長街上。

「曼怡，我愛你。」

我不相信這是他的聲音，這聲音像自天外飛來，使我起了一陣震顫。我沒有戀愛的經驗，麟琛也只在信上這麼寫過，我從未聽見有人這麼對我說過。

我又感到一陣迷惘。前面燈火漸明，適巧路旁有家皮鞋店還未打烊，我便停在霓虹燦爛的櫥窗面前，讓自己定定神。

不知過了多久，他輕聲問道：「有合意的嗎？到裡面去看看吧。」

我立刻驚覺，連忙離開櫥窗，繼續往前走，帶著滿腹的反感，他當我是甚麼樣的人呵！

「曼怡，」他的手又伸過來了。我甩開他，說道：「韋經理，我已訂過婚了。」

「你又在騙我了。」

「絕不，你可以問陸琪。」

「其實只要兩情相愛，形式的約束又算得了甚麼？結了婚還可以離婚呢。」

「不過，我想戀愛不該是這樣簡單的事吧？」

「我們相處的時間已經四個月，不算短了。」他又笑了。

我不再說話，因為我已看見銀行的大門，便加快腳步，把他遠遠拋在後面。

這種事是瞞不過人的。不久以後，韋經理網球也不打了，這反常的現象成了人們背後談論的資料，連帶我也被人側目而視，使我十分難堪。

最使我不能忍受的，是陸琪來找我的那一天，她一見我就大鬧起來：「不要臉，已經訂了婚，還跟人隨便談戀愛！」

我實在受不了，氣得渾身直抖，嗓門也高了起來：「你說話要負責任，陸琪！」

「哼，還裝甚麼正經，他親自向我打聽，說你到底訂婚沒有。」

「誰？」我恨我自己的麻木，其實我早已明白是誰，嘴裡卻迸出這麼一個毫無意義的字，眼淚不知何時已經流了滿臉，我憤怒地把它擦掉。

這時我才知道，陸琪為甚麼常到行裡來走動，原來她早就愛上韋經理了。

這一鬧，我公開地成了這個銀行的新聞人物，我一天都不能過下去了。但又不敢跟大舅說，過後想想，不如推說能力不濟，走老路教我的書去。這樣，我又去找賈老師。

我到學校裡去，發覺同學們都不再像往日那麼親切地招呼我了。而是以一種奇怪的眼光冷冷看我，正自發楞，賈老師來了，劈面就說：「工作很稱心吧，長久不見了！」

我跟他走進教務室，一面說道：「就因為不大稱心。」

「哦，照說能力是不成問題的，你聰明有餘，但可惜修養不足，須知虛榮心是一切成功的絆腳石！」賈老師的威嚴目光一直在打量我。

我不否認，自從進了銀行以後，服裝是比以前講究了，這是由於環境使然。但我在四個新進女同事中，還比較算是樸實的。一個從殘羹冷炙裡長大的人，很難忘記自己當日的處境。但是，我能說甚麼呢？

「快請吃喜酒了吧？」

「還早呢。」

「唔，希望你多多考慮。」

我摸不著頭腦。他又接上一句：「那末以前那頭婚事怎麼辦呢？」

我一切都明白了，血液直往頭上湧，兩耳發熱，而且嗡嗡作響，我喘著氣。

「誰說的？」我又一次迸出這句毫無意義的話。

「這倒不必管它，反正消息來自可靠方面。鄭曼怡，本來我管不著你的私事，不過這些年了，我一直很關心你，認為你是個好學生，希望你也不要氣憤，有則改之，無則加勉。」

我返身便走，穿過許多好奇與不屑的眼光，彷彿腳不著地似的衝了出去。

我不知如何跌跌撞撞地回到了宿舍，心血翻騰，欲哭無淚，從此我不必再留在桂林了，我的「好友」已經毀了我，茫茫大地，何處是我歸宿？

我決定不再幹銀行工作了，也許離開這個是非的源頭，可以使我重新挺直脊樑。

在我決心辭職之前，我去徵求大舅的同意，竭力想把發生的事隱匿起來。當我說明我的心意以後，大舅詫異地望著我，說道：「銀行職業是金飯碗呢，辭掉，說起來是很可惜的。」

「是呀，別人看著你都眼熱，怎麼好辭職呢？」舅母也插嘴說。

「我幹不下來，如果讓別人把我辭退，就更不好受了。」我不敢正視他們，眼睛望著別處。

「好吧，這是你自己的事，應當由你自己做主，不過，我總覺怪可惜的。不過，不幹也沒關係，麟琛的父親已經來信，預備在這個秋天給你們完婚呢。」

這麼一說，我更安心了，像撕掉一頁寫壞了的日記，我就這樣輕易離開了銀行。

這時麟琛已在湖南大學畢業，並且在省政府工作。大約一月之後，他也來信說希望完婚，問我完婚地點是在桂林好呢？還是在衡陽他的家中好呢？若在桂林，他可以前來就我；若在衡陽，就須我去衡陽就他了。

我們決定在衡陽，由大舅送我前去。

大舅母和五個表弟送我們上車，進站時我忽然想起王志傑。半年多沒見面了，不知他是否還在那兒。然而在我當時的心裡，充滿矛盾，想見他，但又害怕見他。最後，我朝著小商店望去，發覺已經換了人了，心中不禁又有些悵悵。

麟琛的住宅在道前街，一個院落連著一個院落，從住宅的氣派上，可以想見他祖父時代是何等旺盛安樂，但到了他父親這一代，家道便中落了，叔伯們雖還住在一起，已經各自為政了。

麟琛的堂姊妹很多，我跟一位已經出嫁的三姊住在一起。她待我非常好，告訴我許多習俗與規矩。大禮之日，一早便鑼鼓喧天，一會兒細吹細打，一會兒洋鼓洋號，我在隔夜便緊張得不能入睡，這中西合璧的聲音更是鬧得我頭痛欲裂。

忙到晌午時分，就要行禮了，忽聽細吹細打與洋鼓洋號驟然停了，代之而起的是人聲鼎沸。我以為失了火，也跟著人們站起身來，但又怕不是的，還得顧點新娘體面，未便輕舉妄動。正猶疑間，三姊奔來，在我耳畔悄悄說道：「麟琛不見了……」

下面還說了甚麼，我沒聽見，但我並沒有昏過去，我只是呆了，我還不曾感覺到事態的嚴重。到衡陽以後的幾天裡，礙於長輩，格於禮俗，又兼姊妹們好開玩笑，我跟麟琛很少見面與談話是實，但我自問彼此之間決無芥蒂。

直到賓客散盡，冷清清的閨房只剩下我自己，身上還穿著那襲淡紅軟緞禮服，還披著淡紅色的朝雲似的輕紗，我抬起頭來，對著鏡子，發現我竟是這樣美麗！彷彿不屬於這個世界的美麗！我伸著微微顫抖的手去撫摸妝臺上的鏡子，想知道這情景究竟是幻是真？我的手指是這麼蒼白，蒼白得連一點血色都沒有，忽然，我的心也顫抖起來了………

我從鏡子裡望見了舅父。他鐵青著臉，從外面進來，從未有過的難看。這張被失望與痙攣扭曲了的面孔我曾見過，那是大表哥出走以後，而現在更充滿著咄咄逼人的氣焰！

他在一張太師椅上坐下了。我木強地轉過身來，不能出一語，也不想出一語。

「曼怡，想不到你糊塗到這種地步！連我大舅的顏面也被你丟盡了！這將近十年算白養你一場了！我不想你報答我，也別害人到這種地步呀！」說到最後一句，他使勁一連串地捶太師椅的靠肘，「現在帶你回去又不是，留你在這兒也不是，你教我怎麼辦呢？你教我怎麼辦呢？」

我的胸口像堵了一大塊石頭，想說話，無奈嘴張不開，眼淚卻流了一臉，簌簌地往禮服上滴。

「我道你當初為何一定堅持要離開銀行，橫豎阻攔都沒用，原來——」

「原來怎麼？」我心下已明白一半，八成兒是那韋經理還沒死心。

「你自己真不知道？」舅父又追問一句。

「我，我不清楚。」

「這封信你拿去看！」一疊紙朝我臉上飛來，我拾起一看，兩眼發黑，是陸琪的筆跡。

麟琛先生：

我們雖未見面，但常聽曼怡談起你，所以你對於我已不算陌生了。

我跟曼怡雖只同學半年，但已堪稱莫逆。雖在曼怡休學以後，我們依舊時相過從，不幸後來卻一同捲入三角戀愛的漩渦裡，這是我終身憾事。

我跟曼怡的上司韋經理已經相愛多時，我從未提防到曼怡會插進我們幸福中來，因為我知道她已跟你訂過婚了。可是我真不曾想到，幾個月來，我竟在為別人做愛，最後他還是屬意曼怡！

真理究竟永遠站在正義這一面，曼怡與韋經理的愛情終不容於現實；人言可畏，曼怡終於不得不放棄她的職業；可是，我的心裡卻從此留下不可磨滅的傷痕。

這對我是極難堪的打擊，老實說，我並不希罕一個韋經理，在所有的男人面前，我從來是女王，是仙子，只要我肯假以顏色，誰不為我傾倒？韋經理又何能例外？我真沒提防這一觔斗會栽在曼怡手上，我已因此喪失自信與自尊！

曼怡打擊了別人，卻一走了之，而且聽說她又將快樂地與你結婚，這使我很難置信，也很難心平氣和。我要說，像這樣朝秦暮楚的女子，根本不會使你幸福！

也許我不該寫這封信給你，但我出於良知的驅使，請你原諒。

陸琪

看完這信，我只覺天旋地轉，恍惚耳朵裡一陣緊鑼密鼓，越響越急，眼前金星直迸，就失了知覺。

醒來我已躺在床上，渾身無力，手腳都不像是我自己的，我竟病了一星期。

在這期間，大舅因為公事不能久懸，先回桂林了。麟琛居然回來了，原來他是避往鄉下一位同學家中，據說，吉日前夕他才接到這信，一切都已準備停當，想改變都無從改變。他在五中如焚之下，終於出此下策。現在連他自己也不知應如何善後，他要我先就這封信有所解釋。

「沒有解釋。」這是我的回答。

幾天以來，我已前前後後都想過了，也許我可以為自己洗刷清楚，但我總覺這件婚事以這樣的悲劇開場，很難想像來日是何心情。

我不能責怪麟琛的衝動，連舅父都信以為真，何況對我更缺乏了解的麟琛呢？不過麟琛也跟我太不一樣了，他出身於一份破落世家，多少還帶些殘留著的紈袴習氣，而我卻是一個孤兒……

當然，我若能為自己洗刷乾淨，我的目的也許仍可達到，可是我又忽然想到，我既有這種能耐，而且目的不過是為了生活，當初我為甚麼要拒絕韋經理呢？

一念及此，頓覺此心靈光豁露，我決定了自己應走的路。

才只一星期間，我像忽然老成了許多，我以一種非常冷靜，非常得體的態度，退出了這個尷尬場面。關於陸琪的信，我既不承認，也不否認，我只說：「好在我們都還年輕，這問題可以留待時間來解決。」

我昂然地走了。一個人當她選擇了該走的路，而且以為這是對的之後，心情反而有一種如釋重負的輕鬆。

到此，我又面臨現實的困難——我得先解決麵包問題，而所有的路都已不通了。我沒有朋友，沒有師長，甚至沒有親人。我不能再去見舅父，表面上說是回桂林，心裡卻準備在任何一站下車。

於是我下意識地看向窗外，看看火車究竟駛到那兒了。原野上一片碧綠，還未顯出秋意，陽光卻半藏半掩，嬌弱無力。忽然，我打了個噴嚏，畢竟西風已經來了，我覺得自己有些失態，轉過頭來看看車廂裡面，天哪，一雙炯炯有神的眼睛正在笑吟吟地望著我！

「對不起，起先我不敢認，半年多不見，你已經不像你了。怎麼總不見你半夜趕車了呢？換了地方嗎？從衡陽上車的嗎？」

其實王志傑也不像王志傑了，高大魁梧，神采奕奕，面色呈現著健康的紅潤，不再像以前那樣病懨懨了。我沒有回答他的話，卻道：「十天以前我從桂林上車時，小商店已換了人呢。」

他又笑了：「你說我就該一輩子都做小商店的主人嗎？」

「那麼你也以為我該做一輩子的猢猻王嗎？」我也笑了。

我暫時脫離了煩人的現實問題，跟他輕鬆地談了起來。他的病已好了，小商店也盤出去了，手頭留了一些錢，預備到西北工學院去完成未竟的學業。這次是到白地市來探望當初資助他籌備小商店的那位同鄉，並且向他告別。

「為甚麼跑那麼遠呢？廣西沒有大學嗎？還有重慶？」好容易相遇，又要遠別，我有些悵然。

「我舊日的同學都在那邊，而且我有一個志願，我要讀紡織機械。」他很有自信地說。

接著，他又談到他的理想，說他希望和幾位比他先畢業的同學在西北創辦實業，他們已經看中這塊產棉區域了。在他的談話裡面，處處都能表現出他的意志來，儘管這理想大得有些不稱。

但是，面對那張誠懇的臉龐，使你不敢懷疑那理想的不稱，相形之下，倒覺他是生命的主宰，我卻成了生活的奴隸，想到這兒，滿心羞愧，我不禁避開他的視線，又把眼睛看向窗外。

「嘿，談了半天，都是我的事，還有你呢，這半年多你幹甚麼去了？可以告訴我嗎？」

他的聲音逼得我不得不把眼睛轉過來再面對著他，但我能說甚麼呢？我沒有一件過去、現在，乃至未來的事是值得告訴他的，尤其未來，連同現在，在我腦子裡是一片混沌。

不久，我看見路牌了，車已經到了冷水灘，我再不下車，越走越遠，就要到全縣了，我必須下車。

來不及回答，也沒預備回答，我拿起隨身什物站起來道：「對不起，我要下車了。後會有期。」

「且慢，我也是在這兒下車。」他立刻站起來找他的東西。

「怎麼這麼巧，你也在這兒下車？」下車以後，我喃喃說著好像自言自語，他沒答應。出月臺時，我做賊心虛，故意把車票翻過來塞給收票員。那收票員偏要仔細辨認，這教王志傑也看了個清楚，他頑皮地一笑，立刻把他自己的車票掏出來先送到我眼前幌了一下，上面印著「白地市至桂林」。

收票員奇怪地看看我們，王志傑坦然地和我一同出來，我有一種被侮辱的感覺，不禁怒道：「你，你憑甚麼跟著我？」

「告訴我，你到底預備上那兒去？」

「你管不著！」

「別生氣，你聽我說，我從白地市一上車就看見你了，起先不敢認，不為別的，你從來沒像現在這樣失魂落魄的樣子，我一直在心裡琢磨你，不知你究竟遭遇了甚麼事……」

他大約見我神氣緩和了一些，這才喚了一聲「曼怡！」——他從來沒喚過我——他說：「不要這樣提防著我，雖然我們不過是常在旅途上相遇，見面時無猜無忌地談談彼此的往事和志願，可是自從這半年多失了聯絡之後，我竟像失去了一件甚麼東西，常在夜半慢車開出之前，在我們最初相遇的地方走來走去，直到我把小商店盤給了別人。這時我才發覺，我們其實已經有了感情了……我不知你是如何想法，至少在我，曾發誓只要再遇見你，再也不輕易放過你了，我要跟你好好地做個朋友，永遠永遠……」

他見我俯首不語，步履遲疑，大約又料定我沒有去處，便提議且在路畔茶店小憩。

坐下之後，我又考慮很久，才把考進銀行的往事，直到目前的婚變，原原本本地告訴了他，我想，在我自己這一方面，說出來也並不比不說會更壞一些；在王志傑一方面，他若是我朋友，應不致就此蔑視我。

可是，他竟出乎我意料之外地，非但沒有蔑視我，並且稱讚我道：「你的選擇是對的！曼怡，不要難過，這無寧說是天意，以你的聰明，竟被埋葬在這樣的婚姻裡，簡直是造化的惡作劇！」

最後他說我應當繼續求學，這真太好了，本來他這次去西北想找個朋友結伴同行，希望我能夠和他一塊去：「讓我們共同去開闢這塊理想的園地好嗎？兩個人的力量總比一個人的力量更結實些！」

我沒有拒絕，以沉默代替了肯定的答覆，我們的手便這樣握在一起了。

我們又搭上了去桂林的慢車，略一停留，又搭上了去柳州的快車，離開桂林。那些令人夢中想起還要哽咽的往事，撫養我成人的大舅父母、表弟妹，還有那關切我的賈老師，誤我的韋經理，毀我的陸琪，一切愛與憎，恩與怨，都被遠遠地拋在後面了。凝視著退後去的一片暗灰色的天空，黃葉無風自落，正是悽冷的清秋季節！

志傑究竟是在社會上與憂患中磨練過的青年，堅實、自信、幹練，雖然他也有缺點，譬如圓滑、精明，把一點書卷氣都沖淡了。但有時缺點往往又是優點，就靠這點圓滑與精明，我們得以在很經濟的金錢與時間裡從事遠征。

在城固經過半年多的努力，第二年夏天，我們都如願以償，同時考進了西北工學院。在這些日子裡，我只覺渾身都充滿了幸福，人生最可羨的境界，是在奔向希望與理想的大道上，何況還有一位隨時在扶持我的愛侶。我與志傑的相識經過雖然充滿著傳奇性，但我們的相愛卻像上天給安排好的那麼自然。

我讀大二那年，已與志傑相處三年。就現實的人生來說，三年的確太短了；但就人生的意義來說，幸福而能把握，一剎便是永恆。是這份永恆的愛，支持我繼續奮鬥，直到今天。

就在那一年，我碰到了一件意外的事，那就是我遇到了我的大表哥。

他當時讀化工系三年級。我們同是家庭的叛徒，彼此姓名都已改了，尤其是多年不見，大表哥出奇的憔悴，所以雖然見過多次，從未相認。有一次他無意間聽志傑叫我「曼怡，」這才突然跑過來問我道：「你認識張煒嗎？」

「他就是我的表哥呀！」但我沒說出來，我有些忌諱，因為他不僅是家庭的叛徒，又是祖國的叛徒，我怕受牽累；可是這念頭剛一閃過腦際，我便發現了問我的人正是張煒自己！

立刻，我陷入極端的矛盾，想認，又不敢認。但是對方已從我的神情中認出是我了，他說：「今天晚上我來看你。」

關於大表哥的事，我們旅途寂寞話身世時，也曾談起過，所以志傑一聽就明白了，我要求志傑晚上別來找我，避開為妙。

「不過，你自己更要小心，」他本來不放心我，但又覺無從插足於我們的約會中，只得叮嚀又叮嚀：「須知我的服從並不為避開。」

自從遇見大表哥，起初我還猜他可能已脫離了共產黨又來復學的，等到傾談之後，我才知道他非但不曾與匪黨脫離關係，並且是以「職業學生」的身份混進大學中來，而且功課不錯。

他奉命策劃「學運」，為匪黨爭取工業人才的幹部，可是學工程的人都是滿腦子藍圖，對馬列主義甚少興趣，所以西北工學院的「學運」一直無法展開，連「新同志」都吸收不到。

「曼怡，」大表哥沉痛地說：「只怪我當初自己糊塗，……唉，還說它幹甚麼，才過成都我便後悔了，但那時我已經身不由主了！」

「是不是可以向訓導處自首呢？」我低聲為他出主意。

「有甚麼不可以呢？可是我如果明天向訓導處自首，後天晚上就別想還在這兒見你，被派到這兒來的不止我一個。前些時候有一位同學自首，幾天之後就失蹤了。」

聽到這兒，我不寒而慄，想不到在光天化日之下竟有這樣的分野。

「曼怡，我倒不是怕失蹤，當我痛苦到極點時，也曾想到用自殺來超脫自己。」大表哥又說：「可是這樣死法又未免不甘心，而且我渴望還能見爸爸媽媽一面，假如他們知道我現在的處境一定要急瘋了……現在我只想逃，但我沒有錢，組織上已經快一年沒有接濟我了……」

話剛說完，忽然志傑進來了，我跟大表哥都大吃一驚，待我驚魂甫定，這才抱怨道：「怎麼你招呼也不打一個？」

「我不是早就說我不願意避開嗎？」他眼神裡充滿關切與責備。

我為他們介紹之後，沉默片刻，大表哥就起身告辭，他一走，志傑便跟我說道：「很對不起，你們的談話我都聽見了，我非常為他的處境擔憂，甚至也為你擔憂。」

「哦——？」我的聲音顫抖著，似乎心下也有點明白。

「是的，從此以後，你很難拒絕同他往來。」

「那，那怎麼辦呢？」不祥的預感立刻侵襲我的周身，我毫無主意地握著他的手，天哪，他的手冷得像冰！

「不要怕，」他伸過另一隻手來撫摩我的手背，沉吟片刻說道：「還是他自己的想法對，逃走，錢的問題，我來設法吧。」

「志傑！」

似乎所有我的感謝與敬佩，都已包括在這一聲呼喚之中，再也不知應如何表示我的情緒了！我拿起他的手來吻了一下，這隻充滿力量的堅實粗糙的大手，在血肉的戰場上打過勝仗，也在人生的戰場上打過勝仗，我信賴它！

大表哥的逃走大約出乎他組織的意料，順利的成功了，我倆如釋重負，暗自慶幸不已。

可是一個月之後，我畢生不能忘記，那幾乎把我的一切都毀了——志傑突然失蹤！

我到他的宿舍裡翻箱倒篋，甚麼都放得好好的，沒有留下一個字，沒有任何準備離開的跡象，然而從此以後，他就一直沒有回來。

我明知志傑是凶多吉少，而且可能與大表哥的逃走有關，但使我不明白的是他們為甚麼不來找我呢？

為了大表哥，我曾終日驚悸不已，可是自從志傑失蹤以後，我反而甚麼都不怕了。我自己也不知是何原因，只記得在那些日子裡，我一直被悲憤的情緒所控制。

每天黃昏，我躲在宿舍裡唸唸有詞，恨不能大聲向天疾呼：他會回來的！他一定會回來的！他知道我受不了！他知道我不能沒有他！而且他自己說的，他要跟幾位同學辦紡織廠，他管機械，我管印染，啊，我們合作振興實業的美夢還沒有實現呀！他是個有信用的人，他會回來的。

然而一日復一日，一年復一年，到現在我已等了整整十二年了，志傑始終沒有回來。在這十二年的等待期間，我耗盡了青春的綺夢，也耗盡了熱情的癡想，我知道，志傑已不會回來了，但不管他在天涯、海角、天上、人間，他的遺愛常在我心，將伴隨我終此一生。

回憶至此，我低下頭來，撫著陸琪的手，我想告訴她，我的人生因為失去的婚禮而更有意義，我的確已經寬恕她了。

可是她已安息，窗外秋雨颯颯，西風更緊。

玫瑰的傳奇

很久以前，有個小女孩，她沒有名字，因為媽媽搜盡了字典，找不出甚麼合適的名字來代替她，媽媽太愛她了。不過她是羊年生的，又長得很白很白，大家就權且叫她「小白羊」。

小白羊不及媽媽懷孕時想像中那樣美，可是生下以後，卻出人意外的可愛。她有著方方的寬闊的額角，濃而低的柔髮，一雙眼睛雖然不大，卻水汪汪地會說話。鼻子稍為塌些，但那兩片永遠在微笑的甜蜜的嘴唇，卻正是不折不扣的媽媽所希望的樣子。

小白羊每天午後總要躺在媽媽懷裡，用那粉糰似的小胖手在媽媽臉上摸來摸去，矇矓著睡眼，在斷斷續續的催眠曲中走進夢鄉。

她摸著，摸著，不知不覺來到一個很奇妙的所在，聽見一片很奇妙的音樂。在小白羊的心裡，這是世界上最動人的音樂。若干年後，她將會長大，將會聽見世界上第一流的音樂家，演奏第一流的樂曲，但她將永遠不會忘記此刻所聽見的音樂，這音樂是陽光、是雨露，使她溫暖、使她安靜，彷彿天使的召喚，把她引到這奇妙的境界。

她仰著圓圓小臉，東看西看，她在找甚麼呢？對了，她在找這音樂的來處，而且她已找著了，就在那平行的兩座長嶺間，露著一排世界上最偉大的琴鍵。從那琴鍵裡，奏出世界上最偉大的音樂。

這真是世界上最偉大的音樂，除了發聲的琴鍵，還有共鳴的部份呢，共鳴是山谷的回聲，啊，如果這兒叫「臙脂嶺」，那共鳴的山谷就管它叫「玉山」吧。小白羊聽著聽著，不知從甚麼時候起，這音樂從臙脂嶺裡消失了，連那琴鍵也躲了起來。

是的，臙脂嶺已經睡覺了，可是小白羊還不想睡覺呢，她繞著臙脂嶺一跳一跳地，覺得非常寂寞，最後抿緊了小嘴唇，偏著腦袋一想：找小仙女玩兒去。

於是她找呀找呀，繞過玉山，來到一口小池塘，池塘邊上長滿了離離碧草，池水清得像鏡子。

「小白羊，樹上的知了都睡著了，怎麼你還到處亂跑呢？」一個溫柔的小聲音，從池塘裡傳過來。

小白羊仍舊搖著她那小腦袋東看西看，只找不著。

「咦，我在這兒呀！」那小仙女從池塘中一朵睡蓮上站起來了，原來她是藏在睡蓮的花心裡，她是那麼纖小，難怪小白羊找不著她了。

那小仙女揉著惺忪睡眼說道：「小白羊不乖，該睡的時候不睡，教媽媽也陪著不能睡，連我都被你吵醒了。多累呀！從天亮到現在，我一直跟你轉來轉去，到現在還不曾休息呢。」說完接著打了一個呵欠，呵欠是會傳染的，小白羊也縐著鼻樑張大鼻孔打了個呵欠，打完之後，好像很舒服，隔著池塘，她們兩個都笑了。

「可是我說大人真討厭，為甚麼每天一定要強迫我睡午覺呢？現在我已長大了，不能總是躺在搖籃裡，我要看看外面的世界，外面的花花世界一定好玩得很，小仙女，你陪我一塊去看，好嗎？」小白羊愛嬌地伸著粉糰似的小胖手，眼睛笑得瞇成了兩條縫。

「呀，我不能，可惜我不能！我只可以蹲在這池塘裡遠遠的望著你，這是上帝的懲罰。」小仙女快要流淚了。

「可憐的小仙女，那麼我只好一個人走了。」小白羊同情地說，只得跟她招手「拜拜！」

小白羊寂寞地走著，又來到一口池塘面前，和剛才那口池塘一模一樣，也是四周長滿了離離碧草，也是水清如鏡，她以為她走了回頭路，一定是弄錯方向，又繞到老地方來了，可是那流淚的小仙女呢？

果然躺在那睡蓮的花心裡，瞧，她站起來了，也是穿的那麼一件緊身烏絨小坎肩，曳著水藍色的紗裙，睡蓮一般的臉上，也映著淚痕，是的，一定回到老地方來了。

「午安，小白羊。」

「午安，小仙女，你真是多禮，我們分別不過是十分鐘以前的事呢。」

「沒有，那是你弄錯了。」

「不，我沒弄錯，一定是你記性太壞。」小白羊固執的，「瞧，你臉上還有眼淚呢，為了不能陪我出去玩，你哭過，是嗎？」

「是，不是，」小仙女不知怎麼說才好，「你還是弄錯了，那剛才哭過的是我的姊姊，她住在那邊那口池塘裡。」

「那跟你甚麼相干呢？為甚麼你也要哭呢？」小白羊不懂了。

「這是上帝的意思，我們一定要一同笑一同哭。」

「唔，親愛的小白羊，不要老是走來走去，太陽這麼熱，連鳥兒都知道躲在樹蔭裡，當心晒黑了你的嫩皮膚，來，就坐在這池塘邊的淺草裡，聽我講故事好嗎？給我做做伴兒，有時我比你更寂寞呢。」小仙女友善地說。

「啊，那太好了。」小白羊立刻坐了下來，兩支嫩藕似的小手臂托在圓圓的下頷上，瞇著新月一般的小眼睛微笑諦聽。

下面就是小仙女講的故事——

我跟那邊池塘裡的小仙女，本來是一對孿生姊妹。

每當黃昏的時候，最早出現在天空上的那顆星星名叫「北極星」，最大也最亮。不久之後，在北極星下方又同時出現兩顆一般大小的小星星，名叫姊妹星。這兩顆星靠得非常之近，猛一看去好像一顆，再細看就成阿刺伯字的八字形，那就是我們的老家。

那時我們的生活真快樂，各人都照管一片很大的花園，種著奇奇怪怪的美麗的花草，荷花小巧玲瓏像珍珠，聖誕紅碩大無朋像遮陽傘；吊鐘花隨著微風過處，能發出琤琮的清音；蝴蝶蘭看見人來會翩翩振翅飛上你的衣襟。還有那玫瑰，不但幽香醉人，而且像少女的紅唇似的，時常唱出美妙的愛情詩句。

雲姑娘為我們裁紗裙，雪姑娘為我們縫披肩，虹姑娘更為我們繫上飄帶。露水小姐給我們編珠冠，雨絲小姐給我們掛流蘇，南風小姐更為我們駕著向日葵的金車輪，經常在朝霞中遨遊。

朝霞中的海天綠得像冬瓜玉，綠得那麼清淡、柔和，風軟如紗，我們遊遍了無數蓬島仙山，倦來便舉著牽牛的酒盞，斟入朝陽釀成的瓊漿，放懷暢飲歡笑。

那天，我們飲足瓊漿，卸去披肩，取下珠冠，正跪在臨海的礁石上面梳理長髮，忽然看見一個少年的影子在水面上對我們微笑。

我抬起頭來，他對我點頭致意，是這麼英俊可愛的少年呀，他穿著日光鍊的盔甲，佩著閃電鑄的寶劍，耳朵上還掛著星光冶的大耳環，神氣威武極了。

他駕著新月的船兒，搖搖幌幌地蕩了過來，然後與我們談話，他是從海王星上面來的，我們互相談著彼此的生活，發現他與我們是生活在兩個完全不同的世界。我們的世界非常單純，只有和平

與快樂，他的世界卻很複雜，有戰爭，有煩惱，而且富於刺激。

「你喜歡你的生活嗎？」我問。

「不喜歡。」他回答，「不過人們很奇怪，儘管不滿現實，但也不能想像假使我嘗試你們的生活時，是否會覺得快樂？在我們的世界裡，刺激就是快樂。」

「這是多麼可怕！」姊姊叫了起來，「我可不是出來找刺激的，我把人生看得非常嚴肅。」

「但我非常神往你們的世界，我希望有一天我會喜歡你們的世界。」少年笑得非常之美。

「那好極了，歡迎你到我們家來玩。」我遙指姊妹星的星座，呀！太陽高了，已經看不清楚了，我們的星座就將隱入蔚藍的天空。

為著貪玩，幾乎迷了歸路，我們急急回到花園裡，玫瑰正以一種挑撥的聲音唱著——

愛情自古無價，
但只一瞬曇華，
若你妄想攀摘，
從此呀，
你便以千頃淚水，
也洗不去那創痕斑斑……

玫瑰所唱關於愛情的詩句，其實都是這一類的，以前我們都聽膩了，從來不去留心。但不知為甚麼，從這天起，我一聽便心驚顫慄，有一次我把這感覺告訴姊姊，她說她跟我一樣，於是我又發現，我們兩個都愛上那個美少年了。

說來多麼可笑，那少年根本與我們生活在兩個完全不同的世界裡，儘管以後我們時常來往，可是彼此說不上了解，我為甚麼會愛他呢？不過世上似乎有兩種亮眼瞎子，其一是文盲，還有一種就是愛情病患者了。

那天他又來，玫瑰又高聲地唱著——

愛情自古無價，

但只一瞬曇華……

「它在唱甚麼？」少年問我。

「它叫我們不要去採它。」

「哈哈，有趣！」

少年好玩地笑著，一面說，一面竟伸手去採玫瑰，我們連忙阻攔，可是說時遲，那時快，猛聽得霹靂一聲，我們所踏的星球已從暴風雨中失了所在！

雷電交作，昏迷間甚麼也不能看見，只覺少年的寶劍又化為閃電，把我的心劈成片片。我痛得實在受不了，可是上天無路，入地無門。

好容易雨過天青，我們匐匍在地，驚魂稍定，抬起頭來，只見上帝震怒地望著我們。

「為甚麼引誘那少年去採玫瑰？」上帝說道，「難道你們不知道這是我最心愛的花卉嗎？」

「這不是我們的過失。」我立刻找那少年，他倒輕鬆，已經溜得無影無蹤了。

「守護這聖潔的花園是你們的責任，怎麼反怪旁人？」上帝更怒了。

從此天空裡不見了那對姊妹星，上帝為了懲罰我們的過失，將我們貶到地面上來，為人類服務，我們非但不能再像在天上的時候一樣遨遊作樂，而且彼此永遠不能見面。

「就這樣一個人守住一口池塘嗎？」小白羊問。

「是呀，但在義務上，我們卻必須互相合作，世界因為我們的合作才能完整，對人類來說，這倒是一大福音，可是上帝為了提防玫瑰再被人採擷，從此把所有的玫瑰都裝上了刺。」

小白羊不懂玫瑰為甚麼不能採，卻對小仙女一再表示同情——同情她們的寂寞，她自己就是最怕寂寞的，她一直嚮往於外面廣闊的世界。

「不過自從你來之後，我們已經不寂寞了。」小仙女溫柔地說，「親愛的小白羊，我們有你便已經很夠了，你就是我們最最完整的世界。」

門鈴大響，有客到來，小狗瓊尼汪汪直叫，把小白羊吵醒了。她到處找那小仙女，還有那小池塘，媽媽笑道：「乖寶寶，那裡有甚麼小池塘，小池塘就是媽媽的一雙眼睛呀！」

「還有那小仙女呢？」小白羊還在找，可是忽然她不找了，她望著媽媽，笑得眼睛合了縫，因為她已找著小仙女了，那兩個小仙女正躲在媽媽的瞳人裡也在望著她笑呢。

玩具的糾紛

太陽躲在雲裡睡覺了，鳥兒把腦袋藏在翅膀底下睡覺了，牽牛花把鼻子堵上睡覺了，整個世界都睡覺了。

小白羊跟她的爸爸媽媽哥哥們鑽進被窩睡覺了，哥哥睡自己的房間，小白羊卻安逸地睡在爸爸媽媽的身邊。

小白羊真淘氣，把媽媽鬧得精疲力竭，好容易已快睡著了，還要仰起臉來，朦朧著睡眼看看媽媽是否在她旁邊。嘴裡含著假奶頭兀自一動一動，像嚼著香口膠。

看見媽媽的確是在身邊，這才微微一笑，低下頭去放心睡覺，一會兒便起了鼾聲。

在媽媽的心裡，小白羊是世界上最可愛的嬰兒了。起初媽媽不喜歡她左手臂上那塊手錶似的淡青色胎記，覺得這是唯一的美中不足。然而現在日久看慣了，又覺得在這白胖的小手臂上，多這麼一點淡淡的顏色可真俏皮！那麼如此說來，小白羊該已十全十美了？啊，不，不，可惜她睡覺打起鼾來頗有乃父之風。

左邊一支大喇叭，右邊一支小喇叭，忽而驚天動地，忽而細吹細打，此起彼落，一唱一和，這福氣真是媽媽幾世修來！

夜光錶已指著十二點了，媽媽還不能入睡，卻聽見黑暗裡有聲音傳來：「嘿，小啞鈴，你這一向周遊列國，可去了真久呀，我們都以為你不想回來了呢。」

媽媽聽出來了，是小白羊的玩具，那個賽璐珞做的大頭寶寶，跟那支可以搖得響也吹得響的賽璐珞啞鈴說話。

曾經有這麼一天，媽媽帶小白羊去串門兒，因為出去時間相當的久，怕小白羊在朋友家鬧起來哄不住，便在玩具籃裡去翻找。大頭寶寶的身體雖很小巧，腦袋卻大得像銅盆柿，頭重腳輕，太笨。不倒翁頭上那根牛筋帶已失去彈性，不會跳了。小貓的頸子上有一圈白毛，怕小白羊把毛舐進肚裡。打赤膊的胖玩偶還在臥室粧臺上給小白羊的照片做伴。只有那支小啞鈴最輕便，捏在小白羊的手裡多麼服貼！

「那天我們都很妒嫉你。比你神氣的多得很，怎麼就讓你出去了呢？」是胖玩偶的聲音，接著又「撲！撲！」兩聲：「瞧，就憑我這大肚皮也該讓我出去才對，誰有這麼美麗的大肚皮呀，又光又圓，連不倒翁的頭頂也得輸我三分。」

不倒翁咳嗽了一下，聲音中透著威嚴，大約警告胖玩偶說話不可太放肆。胖玩偶只得轉移話題：「人們都說小白羊真像我，大眼睛，小嘴唇，圓圓臉兒，頭頂上尖尖一撮毛，所以她媽媽特地把我擱在她照片旁邊，彷彿讓人家比較比較，還要跟她爸說：『其實胖玩偶哪有我們小白羊漂亮呀！』這真是癩痢兒子自家的好，小白羊不管有多漂亮，卻哪有我這美麗的大肚皮？」

「喂，小白羊爸爸當時怎麼回答來著？」不倒翁顯然非常討厭胖玩偶又提起肚皮，正如他討厭別人說起電燈泡一樣。

「她爸笑而不答，既沒有承認，也沒有否認。嗯，這張照片的確漂亮，不但比我漂亮，比小白羊自己也漂亮。不過小白羊可能是有這麼漂亮的時候，只是不常有罷了。」

「藝術就是派這種用場，它把最美的剎那印象捕捉下來變成永恆。」小貓三句不離本行。

「誰要你插嘴的？甚麼捕捉捕捉！」一向優越感極強烈的胖玩偶，就看不得小貓在藝術方面的見解居然比他高明，而且惱她打斷談鋒，不禁衝了她一句，然後繼續自拉自唱：「無論如何，那天如果我像你們一般沒出息地躺在玩具籃裡，而不是給小白羊的照片做伴，那天出去的一定是我而不會是小啞鈴，哼！」

很久沒有聲音，似乎大家並不以為然，但也無可如何。

「我倒不服氣，」大頭寶寶發表意見了：「只怪小白羊媽媽不識貨罷了。就憑我這付西裝畢挺，一派紳士風度，也該讓我出去才對。唯有像我這樣的角色才能舉止得體，為國爭光，你怎麼行？一絲不掛，假如要出去，至少還得先花一筆治裝費。」

「你根本不清楚時代潮流，現在的公務員賺錢只夠吃飯，誰顧得了穿衣？誰不是靠出國治裝的？

不過聽說美國人正在提倡天體運動，我相信我就這麼赤條條地去一定更受歡迎。你這套西裝又短又窄，已是二十年前的古董，早已不夠摩登了，虧你還得意呢。記住，美國人永遠趕在時代前面，一九五六年便坐上了一九五七年的新汽車。」

「你這套理論也是從電影上面看來，不足為訓，不足為訓，咳，吐！」大約是不倒翁吐了一口痰，媽媽暗暗叫苦，明早起來第一件工作是擦地板。「照你這麼說，美國豈不成了年輕人的天下，老頭子都該蹺辮子了嗎？可是人家艾克已經六十五歲，杜魯門也六十四歲，麥克阿瑟……」

「嘻！人家艾克六十五歲還打高爾夫球，還游泳，你呢，你的辮子已經蹺了一半，連彈性都沒有了！」胖玩偶尖刻地諷刺。

媽媽真耽憂不倒翁就此氣昏過去，還得連夜請醫生，不過繼一轉念，醫生出診一次，至少臺幣五十元，可是不倒翁頂多五元一隻，而且他常常隨地吐痰，實在討厭，隨他氣死也罷。結果是胖玩偶仍在刺刺不休，把他未能出去的原因歸咎於他自己太能幹，這兒太需要他，以致把他絆住了。

「該輪到你答覆了，小啞鈴，出去見了世面回來，怎麼比以前更沉默了？以前還吹得響，現在連吹都吹不響了，怎麼弄的？」大頭寶寶實在不願再聽胖玩偶儘在發牢騷了，虧他想起了這根爭執的導火線。

「一個人越知道得多，便越不喜歡吹。」阿彌陀佛！不倒翁安然無恙，而且找著了扳回面子的機會。

「其實你們都把我想得太好了，真是冤枉！誰知道我曾吃盡苦頭呢？」是小啞鈴羞怯怯的聲音，說完還微微歎氣。

「難道你是說美國沒有老鼠嗎？」小貓問。

「我哪裡去了甚麼美國！那天根本是到小白羊媽媽的朋友家去，這人家就在臺北市的某一條街上。那天她們只顧自己聊天，小白羊把我捏在手裡搖來搖去，一不小心，把我摔到地板上，衝力很大，我收不住重心，便順勢一頭滾到沙發底下；當時那女主人想把沙發挪開，把我拾起來，可是小白羊媽媽說：『不要緊，隨它去吧，我們小白羊的玩意多著呢，沙發這麼重，太麻煩了。』」

「後來呢？」媽媽聽得出了神，幾乎也插了進來，因為她急於想知道小啞鈴在離開她以後的命運。可是幸虧話到嘴邊又吞了回去，否則玩具們聽見主人醒來，一定立刻恢復了白天不聲不響的樣子，這篇童話就只好在這兒結束了。

「那女主人就落得偷懶了？」大頭寶寶關切地問。

「我就這樣被遺棄了，你們還要說我是出國，嗚……」小啞鈴哭了。媽媽覺得非常抱歉。

「沙發底下躺了多久呀？」小貓同情地問。

「倒沒有多久，可是後來我嫁了人。」

「嫁人？新郎是誰？」大頭寶寶的聲音非常暴躁，而且充滿妒嫉，幾乎要跳起來似的。

「響螺先生。」小啞鈴再詳細地介紹一番：「就是那種用木頭挖空了，腳底削得尖尖的，孩子們用繩子一抽，便會在地上滴溜溜的打轉，並且發出嗡嗡的響聲的玩意。」

「這名字倒很陌生，大概是華僑，很有錢吧？」胖玩偶顯然也有點酸溜溜。

「不，是土財主，但已破落了，肚子裡空空的，卻還留著一身紈袴氣，動不動就大叫大嚷的。」

「該死！你連我都看不上，怎麼會嫁給一個破落的土財主呢？」大頭寶寶悻悻地說。

「跟你說我已被遺棄了嘛！……嗚，哪裡還由我要不要？我跟他根本合不來，我嫌他太喜歡大叫大嚷，他嫌我太不叫不嚷，他說處今之世，老實人太吃虧，明明肚子空了，也還得把門面撐出去，才會有朋友，像我這樣整年縮在壁角，一世也不會有人來理會我……」

「我跟響螺先生頗有同感，肚子空了……」肚玩偶說。

「天可憐見，以前你吹起來不是也很響嗎？」不倒翁不等他說完便岔開去，否則那要命的大肚皮又快亮出來了。

「哪裡，比他的男高音還差得太遠呢！而且我老是被他今天嫌明天嫌，到後來把我嫌得呆若木雞，有一天他遠遠地呼嘯著一路轉將過來，路邊的瞌睡蟲都驚醒了，直叫我當心當心，我竟不知所措，只聽見『嘭』的一聲，兩眼直冒火花，從此聲帶也被撞斷，我就變成道地的啞鈴了，嗚，嗚……」小啞鈴哭得很傷心。媽媽的鼻子也在發酸。

「不要難過，小啞鈴，在我看來，你比以前會吹的時候更可愛呢。」大頭寶寶安慰她。

「今天早晨這家的小孩忽然把我撿起來吹著玩，他告訴女主人說吹不響了，女主人道：『糟糕！

還沒給小白羊送去已經弄壞了，讓我們買個新的給小白羊吧。』可是結果她們走了好幾條街都沒買到像我一樣的玩意，便只好買隻白瓷小鵝把我一同送回來。」

「響螺先生捨得你嗎？」小貓多情地問。

「哼，把我害到這種地步，臨走他連看都沒有看我一眼，那寡情寡義的混帳東西！」文雅的小啞鈴氣起來也會罵人呢。

「我最最敬愛的小啞鈴，」大頭寶寶做起詩來了：「過去的，讓它過去吧，像丟掉一隻舊鞋，永遠忘了它。未來的，還有無窮無盡，讓我們謳歌這愛情的新生。我喜歡你的沉默，沉默不僅是女子崇高的品格，並且是女子無上的美麗，無論如何，你是比以前更可愛了。來，把你的玉手給我！」

「嗚，嗚……我已夠了！」

「我真喜歡你的沉默。瞧那隻新來的鵝，她一到就向我求婚，雖然她有那麼潔白的羽毛與高貴的儀態，可是我就因為討厭她的大叫大嚷而拒絕了。」

這時媽媽才想起那隻鵝居然一直不曾發言。可是不說則已，一鳴驚人，只聽她忽然像破鑼似的張大了喉嚨叫道：「小啞鈴，別聽他胡說八道！大頭寶寶你真不要臉，借我來自高身價，瞧我打你三記耳光給小啞鈴看……」

這可糟呀，媽媽嚇得直抖，不打人已夠可怕，再打人那還得了？那非把小白羊鬧醒不可，媽媽一急，不知應如何阻止，只在嘴裡直嚥唾沫，不知怎麼嗆了一下，謝天謝地，這一嗆，居然化險為夷，攔住了這場全武行。

第二天早上，小白羊吃過奶，洗過澡，穿戴端正，坐進小籐車裡，又舉起小胖手拾起了這些玩具，除了喜歡發牢騷的胖玩偶，仍舊挺著大肚皮靜靜地直立在粧臺上之外，隨地吐痰的不倒翁，愛好藝術的小貓，害單戀病的大頭寶寶，殘廢美女小啞鈴，以及聲勢洶洶預備打人的鵝，都乖乖地隨小白羊任意擺佈，就像甚麼都不曾發生過一般。

遲開的茉莉

關於「愛」的定義，我們讀得太多了，翻遍了報紙雜誌，總可以從一些小小補白上面，看到「愛」的解釋，「愛」的禮讚，然而隨讀隨忘，誰也不曾留下深刻的印象。可是，自從三年前的秋天，培蓀離開我以後，切膚的痛苦，生活的鞭笞……種種的體味告訴我：「愛」，是面對生存的力量！

人們常向男子苛求，說他們作為一個頂天立地的大丈夫，應當知道，並且善於忍耐——包括對身體的病痛——我的丈夫培蓀，就正是一個太會忍耐的男子，他幹練而有毅力，熱愛著他的事業，也熱愛著他的妻兒。

他忙極了，但每天一定要挪出一二小時的空閒來跟小培看小孩書，下五子棋，打羽毛球，乃至給他溫溫功課，或跟我聊聊家常，陪我們去看看電影，望望朋友。在他與我們相處的這段時間裡，幾乎總是愉快的，他從不把業務的煩惱帶回家來，如其一定要從他行動上看出情緒的變化，便是他有時推說疲倦，早早地休息去了。

就在三年前的夏天，因客觀環境的影響，他的事業受到相當嚴重的打擊，那一陣，他回來常常覺得疲倦，人也漸漸瘦下去了。我擔憂地問：「可是有甚麼不舒服嗎？」他總回答：「沒有甚麼不舒服，只是疲倦而已。」我也信了他，並且以為事業既又很不順遂，可能還是心理上的疲倦成份居多。於是我安慰他，不要灰心，沒有一樁成功的事，沒有一個成功的人是不曾遭遇過挫折的，我們應當樂觀而鎮定地撐過這個難關，還是健康要緊，如何如何。

當培蓀承認這疲倦不僅是疲倦，而且帶來一種難以忍耐的持續的痛楚時，我們去找醫生，情形已非常嚴重了。

「是胃癌。太太，要動手術。」醫生先徵詢我的意見。

生平連打針也難得遇上的我，聽見之後立刻兩手冰冷，握住培蓀的臂彎只管抖索，站在診察室中沒了主意。倒是培蓀比我鎮定，他回過頭來撫著我的肩胛道：「懿芬，不要怕，現在的醫學昌明，胃部動手術是很安全的呢。」

培蓀的同事們非常得力，從入院，到進手術房，我沒操一點心，只是徘徊在手術房外的時刻實在難捱，我來來去去地走動，看錶，走動，看錶，五分鐘過去了，又五分鐘過去了，腦子裡胡思亂想，萬一……但隨即自己頂撞自己：「胡說八道！沒有甚麼萬一！培蓀會好起來的，他本身就是我生活的信心！」

二小時又一刻鐘過去了，我的腿已不像是我的腿，最後接受了好友婉珍不知第幾次的催促：「坐下來吧！」這才坐了下來，但是，一位護士小姐從手術房匆匆地出來了，我立刻衝上去捉住她問道：

「情形好嗎？」

「好的。」那遮住她大半截面孔的白口罩，也遮住了她的表情，但從眼神和語氣中，我似乎見出一絲的憐憫，我的心直朝下沉，沉，快要支持不住了。

手術房的門終於大敞開了，培蓀躺在車上被推了出來，我忍住眼淚，想說甚麼，旁邊的護士小姐連忙止住我道：「別跟他多說話。」是的，何必說話呢？我看見他已好好地出來了，只是臉色更蒼白一點，四目相注，我充滿著感謝的心情，覺得這個世界實在是可祝福的。六月的陽光，正燦爛地洒滿在窗外的薔薇花架。把一切安頓好了，醫生忽然叫我離開病房，跟他到護理室去。

「太太，病人還有其他的親人在這兒嗎？」他嚴肅地，不斷用手指敲著另一隻手掌，深深吸了一口氣。

「甚麼？」我避開了這答覆，我的心別別直跳。

「我說，人生有許多不如意事，最好是勇敢點。」

「他不是好好的嗎？醫生你是說……？」似乎我已知道一切了，但又像甚麼都不知道，只急切地等著下文。

「很遺憾，你先生的癌不在胃上而是在肝上，我們只好又把刀口縫了起來。」他頓了一頓，猶豫著。「不要再去刺激他，讓他快樂地過一段日子，無論在精神上，物質上，儘量的使他快樂。」

我似乎懂了，但還不肯相信自己的聽覺，心狂跳著，手顫抖著，耳朵裡響著營營的蜜蜂聲音，腦子裡仍在竭力咀嚼這些話的真正含意，忽然一聲斷腸的絕叫彷彿來自另一世界，從此我便失去了知覺。

當我醒來以後，好像整個世界都變了顏色，但是想起醫生的話：「不要再去刺激他。」我已無暇為自己悲哀，我還得強裝笑顏，去照料培蓀。

培蓀的創口痊愈了，我們又搬回家來，此後的日子是一串難以形容的夢幻，我一方面竭力做出快樂的樣子服侍他，陪伴他，當他是即將遠行的客，我把所有的悲哀都深深埋葬了。從初戀以來，我都不曾對他這樣溫柔體貼過，他也似乎很快樂，忍住病痛，與我們歡度這「夕陽無限好」的時光。

但是一到夜深，培蓀服下安眠藥睡去以後，聽著他那不很均勻的呼吸，悲哀的心情便悄悄地爬出來囓蝕我，它幾乎時時刻刻在提醒我：「你將如何孤單地過完這一生？」但說真的，當我在想時，只知道孤單非常難堪而已，還不知道究竟難堪到甚麼地步；直到我真正嘗到孤單的滋味時，這才發現我們所依附的生命是何等脆弱，我覺得我已不再是一個完全的人了。我們的上一輩愛稱寡婦為「半邊人」，真是體味過個中心情的想法，一個又一個漫長的黑夜過去，我望著那張空落落的床舖，心碎地哭著：「回來吧，培蓀，我實在受不了，我願服侍你一輩子，一輩子。……回來吧，難道你不聽見我的呼喚嗎？……」

可是，他永遠不會回來了，在他要去的前一星期，已憔悴不堪。一天晚上，小培睡著了，鎮痛劑對培蓀已不再有效，聽他痛苦地翻來覆去，我便又坐起來陪伴他，給他說些解悶的話。他堅持要我再去睡，我說我也睡不著，他握著我的手長歎一聲道：「懿芬，很對不起，把你拖苦了。」

「不，你會好起來的。」我吻著他的額，大滴的淚珠卻從他眼睛裡流了下來：「不必瞞了，我早就知道，不管你裝得多麼像。」

幾月來彼此都心照不宣，但彼此都怕觸及的一層忌諱終被戳穿了，我失聲哭了出來。

「不要太難過，像這樣拖住你，我倒覺得還不如早些讓你擺脫——」

「胡說！我願意服侍你一輩子。」

「不要說這些孩子氣的話，我們要正視現實……懿芬，我半途把你與小培扔下，是我死後都不能瞑目的事，……但也無可如何，這是上帝的意思吧？」

「果真有上帝，就不該讓你這樣的人生這樣的病，」我既悲且憤，「上帝准許疾病與災害存在，他自己就不能自圓其說！」

他又悽然歎息了一聲，我才又驚覺，我忘了醫生的囑咐，但說出的話已收不回來了，只得安慰他道：「你放心，我會帶了小培好好地過下去。」雖然我明知道是自欺欺人的話。

「懿芬，」過了許久，他接著說道：「工廠已宣告破產了，除了這幢頂來的房子，我沒有甚麼留下給你，很慚愧……」我使勁捏他的手心，制止他再說下去，但他依舊掙扎著：「你必須出去工作，而且有適當的人，你應當再嫁，記住，一切為了小培。」

＊＊＊＊＊＊＊＊＊＊

現在他去了，想起當日我們孜孜不息，經之營之，只為向社會人群盡一份責任，只為追求一種較好的生活，現在他一離去，這才發現所謂責任是如此空洞，所謂較好的生活也已失去意義，一切名譽、地位、青春、財富、權利、義務……都像鏡面流沙般的，淌了個乾淨。我的心已隨著培蓀死去，剩下的只是一具等於殘廢的軀殼。

像這樣生不如死的日子，有數星期之久，使我只想一死了之。

但事實上果真「一死」便能「了之」嗎？小培怎麼辦？忍心教他變成孤兒嗎？我死之後，誰來撫養小培？誰再能作為支持他奮鬥下去的力量？……這可鄙的自私的打算！

有一夜當我又在想入非非時，小培夢中一個翻身，坐起來大聲喊媽媽，那聲音使人聽了心肝都能掉下來，我連忙跑過去緊緊抱住他：「媽媽在這裡！媽媽在這裡！孩子你要甚麼？」

他揉揉矇朧睡眼，在明亮的電燈光下把我一再審視，直到他的意識確定了我的存在，這才告訴我，他方才做夢，夢見一個壞人把媽媽搶走了。我笑說不會的，誰敢來搶媽媽？他說如果爹爹還在，就不怕媽媽被人搶走，他會一拳打倒那個壞人的，我不禁又悲從中來，但立即忍住，並且竭力安慰他道：「不會的，小培，媽媽永遠不會被壞人搶走，她不像你說的那麼無用，她和爹爹一樣勇敢，她將守護著你，一直到你長大！」

從這夜起，我算是一刀切斷了毀滅自己的妄念，決心為小培負起生命的十字架。人生的旅程是如此艱難，如此險惡，我不能讓一個無辜的小生命獨自去摸索，去冒險，我要做一柄大傘，或是一具帳篷，為小培撐住滿天的雨雪與風霜。

由於婉珍的丈夫介紹，不久我便在一個金融機構找到職業，我把原來的房子頂出去，搬到公家配給的宿舍去住，先從生活上把現在與過去完全隔絕，心情總算漸漸穩定下來了。但，誰能想像一個沒有父親的孩子的孤單呢？不但生病時少一個關切他安慰他的人，也少一個與我分憂分勞的人，就在平時也顯得寂寞異常，這寂寞的氣氛，使我們過了很久都還不能習慣。後來我想起了：「小培，把你班上最玩得來的小朋友們請到我們家來玩玩好嗎？」

小培興奮地同意了，星期日果然引來一大串，其中有一個名叫倪煊的，跟小培差不多高，也那麼瘦伶伶地，看上去他跟小培最要好，家也住得很近，他和小培一樣，都是這學期才來到這個學校。以後倪煊便時常到我家來玩，跟小培遊戲在一起，做功課也在一起，有時還在我家一同吃晚飯，看上去儼然兩弟兄。從倪煊的答語中，我知道他父親是一個事業機構的工程師。

這孩子長得清秀而又聰明，只是眉宇間常帶些說不出的憂鬱神情，我總覺得他太像一個大人了，比小培要老氣得多。但他顯然是很高興和小培在一起的，往往玩到很晚還捨不得走，有一次小培忽然問我：「媽媽，讓倪煊在我們這兒住一晚好嗎？」

「不知他的媽媽是不是願意呢？假使他的媽媽願意，我當然歡迎。」小培立刻跑過來湊著我的耳朵輕輕說道：「他沒有媽媽，他的媽媽離婚了，離婚，就是——」我連忙推開小培道：「我知道了。」這時我已發現倪煊那難堪的樣子，非常不忍，我從心底浮起了一片憐愛之情。

但我還是不敢留倪煊住在我家，要他回去問過父親，明天再說，否則貿然留他住下，在成人的舉措說來是太冒昧了。

第二天放學，倪煊的父親陪著同來，一個溫厚，端正的中年人，方方的臉上架一副近視眼鏡，他非常謙恭地說，小孩子不懂事，也不知道客氣，已擾過我們多時了，早該來道謝致意一番；可是因為他初來這個事業機構不久，許多工作都還不接頭，很忙，以致耽誤至今，失禮得很，甚麼時候，他也該請小培過去玩玩才對。

那晚倪煊當真住在我家，以後逢星期假日，小培也跟他們父子倆去釣魚、划船、爬山、看電影……小培出去一玩就是整天，我在這兩間空房子裡也坐不住，便也去找我的朋友。

日子久了，我發現小培可真喜歡他們父子，憑這樣的父親，我實在猜不透倪煊的母親為何要離開他們？我本來不應打聽人家的私事，更不願刺傷一顆幼小的心，但有一次不知起於甚麼樣的衝動，我不禁脫口而出，學著倪煊父親的口吻喚道：「煊兒！」

「嗯？」

「爸爸好些？媽媽好些？」

「爸爸好。」很肯定的語氣。半年來煊兒顯然比初見時活潑多了，眉宇間的憂鬱也消失了。

「媽媽為甚麼要離開你們？」

「那時我們在臺中，爸在空軍機械廠做技士，拿的錢不夠用，媽又愛打牌，愛跳舞，更嫌爸爸窮了。她討厭這個家，後來他們大大吵了一架，媽就走了，以後就一直沒有回來。」

「可憐的孩子！你想媽媽嗎？」

回答是閉緊了嘴唇使勁一搖頭，彷彿要搖落在這瞬間無端被我鉤起的濃濃的憂傷，這小心靈是倔強的，我深深地疼愛。以後煊兒的衣服破了，我也常為他縫縫補補，並且車兩件內衣送給他，漸漸地，我不禁有時會發痴想：假如我和培蓀結婚之初，不要相信甚麼節育不節育那套鬼話，讓我密密地生兩個，現在情形也就好得多了，小培就不致那麼寂寞了。但又轉念，煊兒雖然是別人的，難得與小培這樣有緣，不也一樣嗎？

論跟小孩在一起玩，我實在是不行的，只覺自己湊不上他們的興趣。但我很樂意為他們忙忙碌碌做些吃的，穿的，這使煊兒也很喜歡我。後來他父親的工作漸漸繁重起來，平均每月要出差一次，出差時便索性把煊兒托在我家，小培常笑煊兒是青蛙，說他過的「兩棲生活」。

煊兒的父親有時送些玩具書籍之類給小培，偶然也請我們母子出去吃一頓飯，我也並不覺得拘束，彷彿這是很自然的事。兩個孩子玩得那麼好，走上馬路指指點點，批評樣子櫥窗裡的東西，又批評書攤上面形形色色的小孩書，說不完一大堆的傻話。只是煊兒的父親，既要請客，又老是坐立不安的樣子，談話也吞吞吐吐，非常緊張，令人說不出的蹩扭，倒反不如我初見他時那印象的洒脫大方了。因此這頓飯一吃過，至少在我這被請的是不大受用，也不再希望有第二次被請的光榮。雖然，當我看見他拿個鎯頭敲敲釘釘，幫孩子們給小白兔蓋房子時，又是那樣嘻嘻哈哈，一個活潑有趣的好爸爸。

女人的美麗，往往隨生存意志的強弱而增減，我曾經是個被人羨慕的「美麗的主婦」，但這美麗的光彩卻隨著培蓀一同逝去了。許多朋友都說我至少老了十年，她們勸我道：「打起精神來吧，死的已經完了，活著的還要做人呀，不要老是把自己弄得慘兮兮的！」

我也知道，人們都討厭那陰陽怪氣無精打采的樣子，人們永遠只願意跟快樂的人相處，也永遠只幫助自己先嘗試站穩腳跟的人。我既要活下去，就得生氣勃勃地活下去；但知道是一回事，能否做到又是一回事，而且朋友們那些勸慰的話不管在常人是覺得如何動聽，在一個正被悲哀統治的人聽來總覺是無關痛癢，不切實際的。對於已經痛苦到極點的人，還能要她們打起甚麼精神來呢？時間，是唯一能夠治愈內心創傷的療養劑，當我真正地再抬起頭來，再知道愛惜自己的美麗，已是培蓀逝世以後第三個聖誕節了。

朋友們都很關心我的再婚問題，特別是婉珍，她說：「現在你的年齡已開始走下坡道了，趁現在還沒有老的時候，趕快再找個歸宿吧。」

「可是適當的人也可遇不可求呵。」我淡淡地回答。

「見鬼！誰要你求人？有人在求你呢！」

她說，後天便是聖誕節了，我可以把小培放在她家裡度佳節，她們夫婦將陪我去參加一個通宵的舞會：「為甚麼不去呢？設法使自己快樂起來！忘了自己是個未亡人吧！」

可是到了那天，小培不肯去婉珍家。雖然婉珍是我好友，而且培蓀剛去世時，她怕我哀毀逾恆，無人照顧，曾接我們母子去住一個時期。但因一則小培讀書不便，二則婉珍幾個孩子都被父母寵壞了，驕縱異常，所以不到一星期我們便回來了。現在說甚麼小培也不肯去，他寧願跟煊兒父子在一起，我說：「煊兒那邊好住嗎？」

「好住，早上我就問過他們了，煊兒的爸爸說歡迎我去，今晚他還要講《魯濱遜漂流記》給我們聽呢。」

臨走我只好把小培送往倪家，並且向男主人拜託一番。認識快兩年了，偶然我也到他們院子裡去找小培，看他們給小白兔蓋房子，這次我才走進他們的住所。屋子裡倒也弄得還整齊，只是父子倆的衣裳亂七八糟地堆在一張椅子上，我的手出奇地想伸出來，伸出來為他們折疊一番送進壁櫥。但也只是「想」而已，我沒這麼做。

「哦，唔，」煊兒的父親發覺我在注意那椅子了，抓抓頭皮，「那些衣服早就該洗的，下女倦勤了，而且——我很懶。不，也只怪洗衣服的確不容易，比鋪設鐵道還要麻煩，喝喝……」

「喝喝……」我也只好附和他一下，這才提到正文。他起初簡直有些受寵若驚，對於我把小培托給他覺得不勝愉快。可是後來聽小培說我是為了參加一處聖誕舞會時，他的眼睛裡立刻流露出一種難以形容的，似失望又似惆悵的神情。

這神情剎那間也就消失了，臨走他要我放心：「我已兼了很久的媽媽了，我會好好照顧小培的，

希望他在我這兒也度一個快樂的夜晚。」

「謝謝你！」

我出來了，遠遠還看見小培與我招手，這是我第一次在晚上離開小培，而且是把他留在一個小朋友家裡，而這小朋友只有一個相依為命的父親，這是何等的不可思議！我像做了一件虧心事，一種內疚的感覺，使我有些茫然若失，坐在聖誕宴上答非所問。

「怎麼，你把心忘在家裡了嗎？」婉珍俏皮地打趣我，一面向桌子對面看看。我隨著她的視線看過去，一雙含情脈脈的眼睛正注視著我！

他站起來和我招呼，是婉珍新從國外回來的表哥尹理康，已見面多次了。

三年沒有跳舞了，第一支曲子是與尹理康跳的。我拖著生疏的舞步，吃力而又窘迫，尹低聲說：

「不要慌，隨便些好了，我也不大會跳的。」

那夜我們還是談得多，跳得少，雖然我們已見面多次，這回我才注意端詳了一下，對方有一雙很有威儀的濃眉，五官端正而清秀，個兒高高地，四十來歲，一個風度優雅的典型的紳士。

大約已近午夜了，婉珍走過來示意她表哥去請別人跳一支曲子，一面就在我旁邊坐下來，向我睞睞眼睛說道：「理康沒有捉弄你吧，怎麼樣？因為自己的條件好，選擇的條件也太高了，國外更不容易找到合適的人，東挑西揀，到現在還沒結婚，這番回來可是跟你一見傾心哩。」

我只覺兩耳發燒，整個臉盤都熱辣辣地，很久很久，我都不知害羞是甚麼一種感覺，這回卻這樣把持不住起來，尷尬極了！同時也多少有些不高興婉珍，是否我心眼兒太窄呢？我總覺她這話語對我似乎近於輕薄，或不免帶一點兒輕薄。

「那怎麼可能呢？我更配不上！又不是一個未婚的小姐，孩子也九歲了。」我的眼睛從對對旋轉五色繽紛的人群中去找尋那對我「一見傾心」的人，耳畔響著婉珍的話「自己的條件好」「選擇的條件也太高」「至今還未結婚」……心裡儘在捉摸這事情究竟有幾分真實性？

「你是這麼想嗎？他可並不介意這些呢，自從回國以後，漂亮的未婚小姐已給介紹過好幾位，年輕的他嫌人家太稚氣，趣味不相投；年紀大些的老小姐，他又怕性情怪僻，難以相處。我常笑他，只怕這輩子要一直打單了。想不到他對你這麼欽佩——懿芬，你別誤會，我不是說你不配，你是可愛的，也值得愛的。我所以說想不到，也正跟你的觀念一樣，你還有個小培。但他不介意，並且他說有這樣的媽媽，小培一定也非常可愛，他會善待小培的……」

音樂漸漸停了，人流從那邊湧過來了，婉珍站起來在我肩膀上親暱地拍拍說道：「他又快要出國去了，他的總公司在紐約，他說希望這次能帶著妻子同行，好朋友，機會不要錯過！」

適才我對婉珍的那份不快，已不知在何時失落了，當尹理康回到我的身畔坐下時，似乎也對他多了一些瞭解。總之婉珍一番話確實縮短了我們之間的距離，使我們更樂於談談關於彼此的一切。

尹給我的印象至少還篤實。提起他在國外的生活，他只談談那邊的風土人情，極少自吹自擂關於自己的種種。他說他這次歸來，完全為的業務，只能停留三個月，現在已經一個月過去了。午夜的鐘聲響了，美麗的氫汽球與彩色紙條在空中飛舞，女賓們爭著摘下聖誕樹上的銀色花朵佩在鬢邊，樂臺上響起了莊嚴曼妙的「神聖之夜」的歌聲，他不勝依戀地站起來說：「讓我們珍惜這寶貴的時光，跳完這支曲子吧！」

分別已是翌晨兩點，他送我回到宿舍，並且說週末要來接我與小培去玩。

上床後我一直不能入睡，一種莫名其妙的興奮不斷刺戟我。這近乎奇遇的婚姻——兩月之內便得決定！雖然，對方確是一個令人動心的出色的人物，而且我也嚮往國外的風光。不必諱言，這可能正是別人求之不得的機會。但疑問也就來了，以如此一個出色的人物，難道天下之大，就沒有一個配得上他的女人，以致一直把婚事拖到今天嗎？我，憑甚麼能奪走那麼多女孩子的魔力，竟使他「一見傾心」呢？是不是他本身也有甚麼缺點呢？而且婚姻不是交易，婚姻要建築在感情上面的……

我的心非常之亂，不知何時睡去，正朦朧間醒來已是八點，幾乎誤了上班的時刻。

第三天便是週末，下午四點光景，當真他乘車來接了。他住在一家大飯店裡，我們在那兒用了一些茶點。從走進飯店，小培就一直像隻木貓似的，感到很無聊。尹理康顯然很希望討他的歡喜，不斷地問這，問那，摸摸他的臉，拍拍他的背。但不知為甚麼，他倆就是談不攏，最後尹也只好暫時放棄去接近他的念頭，提議去國際戲院看「聖誓釁血」。

可是下得樓來，車子不見了，他說可能司機聽錯了吩咐，把車開到分公司的經理家裡去了，於是他再送我們到樓上去等候，顧自下去找車。

我們母子倆在起坐間裡隔著玻璃窗遙望街景，這是正當寒流經過的臺灣北部的冬天，雖然沒有雨，卻陰瑟瑟地，還不到五點光景，天色已暗沉沉地壓下來了。陽臺上種著一片大麗菊，但在寒流中也顯得萎靡不振，黯淡無華。西北風呼嘯著掠過陽臺，可憐的花朵在風中兀自低垂粉頸，不住地顫抖，連幽暗的樹叢都泛著灰色。

風聲一陣緊似一陣，緊得人心裡有些發慌，他怎麼還不上來呢？我不禁又作痴想，想像這豪華的起居室，就是他紐約的住宅，他忙著他的工作去了，我們母子倆就正在這起居室裡，面對這蒼涼的景色，那將是甚麼滋味呢？……

「媽媽，尹伯伯怎麼還不帶我們去看電影？」小培不耐煩了，我忽然打了個寒噤。

「哦，他找車去了。」

「媽媽，我不要在這兒等，還是回家等吧。」

「傻孩子，一會兒車就來了，那兒等不都一樣嗎？」

其實，我嘴裡這麼說，心裡卻想的另一回事，我想：可真不一樣！我和小培擱在這房子裡很不調和，彷彿我們不是屬於這一世界的人物，或者等於把魚兒供養在樹上，人們儘可以說這樣做很難得，很可羨，但是否合適？只有魚兒自己跟上帝知道。小培需要感情的生活，感情的生活遠比羊毛衣褲及其他美式配備更為重要，好像我們還就要跟煊兒父子在一起才順理成章。但是煊兒的父親——在對孩子方面，他酷肖死去的培蓀，而對於女人，卻令人聯想到牢牢栽在土裡的馬鈴薯！

無疑的，尹理康對於我，是一種難以抗拒的誘惑，雖然他對於與孩子相處缺乏經驗，但在女人面前，煊兒的父親實在不是他的敵手。那雙充滿智慧與深情的眼睛，有一種使對方願把信賴與敬愛完全交付給他的力量。

我不是超人，所謂「慷慨成仁易，從容就義難。」那時為培蓀棄我而去，我曾準備把生命付諸一擲，這最難堪的日子既已捱過了，我又站穩了，也就有我自己的慾望了，有我自己的打算了。現在我該為小培設想呢？為自己安排呢？

直到尹理康又上來了，我還在自己跟自己糾纏不清，但意識卻在警告我：若我要為小培設想，先要避免陷入感情的泥淖，自討苦吃！至少在感情尚未萌動之前，我儘可以緊握這根理智的繮繩。

那天我們去看了電影，吃了晚飯，以後也還出去玩了許多次，遠遠近近的臺北名勝都到過了，但每次我都避免單獨和尹出遊，一定要把小培帶在身邊。與其說我存心不和他接近，不如說我也希望在這些相處的時刻中，先讓他們倆漸漸習慣。尹買過許多貴重的玩具贈與小培，可恨小培就是不願跟我們在一起，甚至把我拖他同往視為苦役。

尹失望地又回到國外去了，臨走之前要我無論如何單獨去看他一次。

「我了解你的苦心，」他緊握著我的手，在我手上溫柔地吻了一下，「但我永遠不會忘記你，你是我所遇見的女人之中，最完美的女人！」

我沒有送他，但是當西北航空公司的班機在臺北上空繞了一匝之後，我仰望那銀色的雙翼，帶著我未圓的好夢漸漸遠去，想起他那溫柔的一吻，想起逝水的年華，想起飄零的身世……我悄然落下了幾滴傷心淚。

誰說臺灣是四季如春呢？臺灣根本就沒有春天。緊跟在冬天的腳步後面，便來了夏天，尹臨走對我那番動情的致意，使我既驕傲，又感傷，久久都不能釋懷。雖然好夢未圓，我就常常神往於這揉合著甜蜜與酸楚的半闕殘夢裡，我不願矯情地說我一點也不後悔，我是苦悶的。

我雖未遷怒於小培，但由於內心的苦悶，的確有很長一段時期把小培疏遠了。好在小培有煊兒父子作伴，也不大來擾我，於是一空下來，我便手執一卷，藉閱讀以忘卻煩憂，漸漸地，我又變得習慣於孤單了。

是一個夏末的夜晚，我熄了電燈躺在床上冥想。從培蓀去世以後，我曾有足足兩年之久，每夜要捻亮電燈才能入睡，為那白熱的光明能給我一些溫暖的感覺。到最近半年，我又厭惡燈光了，我需要寧靜，燈光卻常把我帶進狂亂的情緒中。

月亮穿過窗櫺在地板上斜斜地灑下一排稀疏的影子，這影子越來越短了，蟲聲四起，我忽然想到小培該回來了，便帶上房門，到煊兒家去。

很久不到煊兒家了，我差點以為找錯了院落。牆上爬滿了長春籐，遍地開著芬芳的茉莉，夏夜的空氣是如此清新，月光下的景物是如此柔靜，窗戶裡看見小培與煊兒正面對面坐著寫甚麼，煊兒的父親也在翻一本大書，聽見我的聲音，連忙迎了出來。

「媽媽，我在做暑期作業！」小培也夾著本子追出來了。我滿心的慚愧，自己的責任卻讓旁人去督促，謝了煊兒父親便搭訕道：「多好的月亮呀。」

「是啊，再圓一次，又是中秋了。」煊兒父親感慨地說。

「媽媽，去年過中秋，煊兒在我們家；今年過中秋，讓我到他們家來吧。」小培拉住我的手直搖撼。

「好呀，只要倪伯伯不嫌你討厭！」我又抬頭向煊兒父親道：「也難怪孩子在家裡待不住，母子倆是太冷清清了。」

「你們是——母子倆，我們是——父子倆，」他意味深長地說著，忽然把身旁煊兒的面孔扳起來笑問：「怎麼樣，煊兒？中秋那天請小培媽媽一齊過來好嗎？」

「好哇好哇！」孩子們同聲答應，直蹦直跳直拍手，其實，這不也是頂自然的事嗎？這回卻輪到我來坐立不安，手足無措了，心裡可也著實高興：這馬鈴薯變了呢！不，馬鈴薯也罷，變了也罷，都是我的錯覺，他只是他——一個腳踏實地，本本份份的工程師。

「茉莉是你種的嗎？開得真好，」我設法把話題岔開，「記得我們大陸上的茉莉到秋天才開花呢。」

「是的，早想送些過來，怕你嫌它土氣。」他咬了一下煙斗，似乎想忍住笑。「臺灣的茉莉是夏天開花的，早開過好幾發了，這也許是最後一發，不過還好，還不太遲！」

完

沅青坐在粧臺面前，對著鏡子癡癡地凝望，幾番舉起手來撫摩著面頰，心裡被一種無可名狀的感覺充塞著，是悲哀？是喜悅？是恐怖？都點吧？

她無力地站起來，和衣倒向床上，昏昏欲睡，可是睡不著，又走向書桌，鋪開信紙，提起筆來寫著——

彥成我愛：

別時已是密雲欲雨，車開後秋山更黯幾重，天猶如此，人何以堪？

霎時夢中歡笑，忽又離魂欲絕，似這般人生，幻耶？真耶？雖說互道珍重，可是回望你那漸遠漸淡的影子，我自己也不知如何安頓，此心悵然若失！

火車沿著縱貫線鐵道奔馳，遙見窗外霹靂穿雲而下，我想人生這般難於消受，何如展開胸懷去迎那千鈞一擊？但又不禁仍在念著：彥成會遇雨嗎？他冷嗎？……我愛，我羨慕白癡，羨慕瘋子，若我是上述人物之一，我可以毫無顧忌地跟你去臺北。——

「沅青，還不出來吃晚飯嗎？」婆母的聲音從飯廳傳來，她慌忙收拾起紙筆，出去用膳了。

她神不守舍地食而不知其味，婆母關切地問：「不舒服嗎？」

「大概在臺北著了涼。」謝謝婆母，她正好藉此下臺：「媽，對不起，讓我先去休息好吧？」

「去吧，沅青，你是太辛苦了！」

婆母親切的呼喚，溫厚的憐愛，像無數小針刺著她的心，有時她真想反抗：「媽，別待我那麼好，沅青是個壞女人！」

回到臥室她想哭，從抽屜裡拿出信箋團成一球，想撕，但又忍不住再攤開，再看，就在這看的時候，彥成的聲音笑貌，在信箋上一層一層地展開、展開，終於淹沒了她的衝動，又乖乖地把信箋收起來。

她重新坐在粧臺面前，再對著鏡子癡癡地凝望，再舉起手來撫摩著臉頰，她想從一種切實的感覺裡讓自己相信這不是夢，她實在做夢也沒想到，在寂寞中打發了一輩子以後，又準備再過一輩子。

殘餘的興奮，使她又把那張團縐了的信箋拿出來接下去寫著——

你的愛情，使我拾起了許多久已遺忘的東西，更拾起了對生命的熱戀，還有那褪了色的美麗，憔悴了的青春，都復活了……彥成彥成，少女時每當春回大地，萬花怒放，我便很高興，而且做很多的夢。可是這種感覺，從志新遺棄我的那個春天便被深深埋葬。十幾個春天過去了，春天的一切歡樂、醇美，對我全然無動於衷，既無所謂高興，也沒有夢，照這心情，難道我真的已走向衰老了嗎？

但來年春天降臨時，我將又做很多的夢——

寫到這兒，她軟弱地擱下了筆。

她知道她是不配做夢了。

志新和沅青的婚姻本是最幸福的，至今還有人記得，當他倆挽著手兒從教堂中款步走下石階時，滿頭滿身都是親友們擲向他倆的芳馨的花瓣。這是一個莊嚴、肅穆、而又充滿著芳馨的希望的婚禮。有個女孩曾說，結婚若不能像沅青大姐，做人對於她將是毫無意義的事。

可是婚後一年，志新赴美深造，誰也沒料到他就從此一去不回，他在那邊成了家，立了業。

朋友們都勸沅青離婚，可是在沅青自己看來，離婚除了給予她再嫁的方便，離婚與否，對於她又有甚麼分別呢？她的心已碎了，整個對人生幸福的願望都幻滅了，美滿的祝福，隆重的禮儀，在她看來，都是欺人的咒語，滑稽的客串，倒是另一個朋友的勸慰被她聽進了，他說：「平淡就是幸福。」

這位朋友勸慰的初衷也許並不作如此解釋，可是沅青當真帶著還未見過父親的寧兒，與早被兒子遺棄的婆母，三代人相依為命地「平淡」的過了十幾年。

藝術嫉妒美滿的幸福，卻親近生活有缺陷的人，這使在藝專本是高材生的沅青，十幾年來更有了獨樹一幟的成就。當人們儘在攬那些亂七八糟的所謂新派畫時，沅青卻擺脫一切派說，在她輕靈活潑的簡潔筆觸裡，注入雋永的詩意，與深摯的母愛。

有一幅在江南故鄉時畫的「元夜」，背景是籠罩著夜霧的古老花園，天空隱約反映著火樹銀花的光彩。近處一個約莫六、七歲的男孩，正低著圓圓小臉俯視一盞剛剛燃起的宮燈，那美麗的光暈與含笑的眼神互相照耀著，流漾出一片喜悅的童年之歌的旋律，這是全畫的中心，也是最動人之處。

這類別具慧心，雅俗共賞的作品，使沅青蜚聲畫壇，給她帶來可喜的成就，可羨的地位，但不幸更給她帶來了彥成。

她如何去形容彥成呢？

假如拿小說電影上的男主角去比較，沒有一個近似。

他不屬於那些定了型的人物，他是多方面的。在學問上，兼有科學與文學的修養；在興趣上，兼有音樂與繪畫的愛好。善經營，但無市儈氣；不太好修飾，但也不蓬首垢面。最使沅青傾倒的，是他那份絕頂聰明，他幾乎無所不能，但也從不賣弄。

彥成年輕時有過一個非常出色的愛人，也有過幸福的憧憬，可是就在他東渡求學以後，海誓山盟都變成美麗的謊言，愛人投進另一個人的懷抱了。那人在儀表與才情上，無一及得上彥成，但他有錢。

為了貪圖現成的享受，愛人與財富結了婚。許久許久，彥成過著自暴自棄的日子，終於有一天他自己覺悟了：「這樣下去又怎麼辦呢？我還得做人呵。錢，有甚麼了不得？我賺給她看！」

於是彥成拋棄原來所學，竟去經商。憑他卓越的見識，堅苦的奮鬥，恢宏的器度，穩定的信心，他從一個二、三流的商人，漸漸成為一流的企業家。金錢對於他，到後來簡直無足輕重了。

人到這時，反而覺得賺錢不難，難的是如何花錢了。他住著很講究的房子，有能幹的僕役，高明的大司務，忠心的司機，但一切可說大半為了社交上的往來而設。他年輕時刻苦慣了，自奉有相當的舒適已足，除了養著三條心愛的狼狗，閒來弄弄攝影機，就從未想到奢侈的用途。

他沒有女友，從第一個愛人倒向別人的懷抱以後，他對女人便取著敬而遠之的態度。男人的感情很容易騙取，一個有錢的男人被騙的可能更多，但可惜他已醒過來了。在他看來，那兩片櫻唇呢喃著的字句全無意義，甚至都是愛琴海上迷惑船夫的席倫娜的歌聲。

他在事業上是成功的，在愛情上卻永遠自居為一個敗兵。事實上十幾年來圍繞著他的，都是些庸脂俗粉，像人們在若干所謂上流社會的交際場合常看見的，他就從未發現過一個值得他再去愛的女人。一種與生俱來的不苟且的性格，使他一直度著這種孤獨的，不正常的生活。

他認識沅青，是在畫展的會場裡。

平日他時常接到一些邀請參觀畫展的請帖，並且往往被「迫」捧場，礙於情面難卻，他買過許多自己並不太喜歡的大大小小中西畫幅，這次沅青的畫展沒邀請他，但他自己去了，並且要求購買那幅「元夜」。

他實在太喜歡那幅畫了，它不僅使他想起快樂的童年——半生以來，除了童年與母親，他在生命上一無可憶之處與可念之人。——而且他多麼渴望這張畫當懸在他住宅的客廳裡時，將為他帶來若干溫暖的感覺，他是如此孤獨，他的感情全無依傍，雖然那只是一幅畫，但卻是一幅極生動的畫。

但這張畫沒有標價，是非賣品，而彥成卻妄想萬一有奇蹟出現，仍舊讓他買下。費了幾多唇舌，辦事人才打電話去把沅青請來商量。

沅青來了，她很感謝彥成對這幅畫的欣賞。人們愛說：「文章千古事，得失寸心知。」繪畫也是一樣，往往人們喜歡的，並不是作者所得意的，而「元夜」這幅，正是她自己在所有展出作品中最喜歡的一幅，現在能得觀畫的人特別欣賞，她如何不高興呢？

但也正因為她自己最喜歡，又是自己愛子的寫真，她不肯賣。

「靳女士，恕我冒昧，明知你的大作不應以金錢去衡量，但我還抱著一線的希望，我說，我願盡我的能力，以最高的價錢把它買下來，因為我是太——」他忽然發覺自己措辭的失當，他本來是一個最瞧不起金錢的人，現在如何又迷信起金錢萬能來？這種措辭簡直有炫耀自己富豪的嫌疑，太可羞了！他正尷尬地揣摩怎樣挽回錯誤，沅青卻接下去道：「謝謝你，童先生。」她的聲音是如此端莊溫柔：「也許只有作者自己知道這份甘苦，每當賣掉一張自己所喜愛的畫時，我總有好幾天像失去了身體的一部份，那感覺大概就和賣掉自己的孩子差不多。而這張畫是我比較最喜歡的，不過你既然也這樣地喜歡它而割捨不下，或者，就送給你吧，賣了它，使人聽來有點傷心呢。」

「那，那怎麼可以呢？」出乎彥成的意料，一向談吐流利的他，有些木訥了。他驚奇於沅青的語言是這樣懇摯而又委婉，並且，幾乎每一個字都充滿真實的感情。這真是藝術家發自靈魂深處的美妙的聲音，有別於他十幾年來所聽到的那些可憎的世俗的聲音。他十分感動，反而不忍要那張畫了，他道：「況且君子不奪人之所愛，既然這樣，我也寧願放棄了。靳女士，感謝你的盛情，讓我心領吧！」

「不，我已決定送你了——」沅青不知該再說些甚麼，微笑回過頭去，正遇著辦事人驚訝的目光，忽然覺得自己這一舉措的突兀！不是懊悔失去的畫，而是感到許多事情，都使她和世故、常情之間，有著拉不攏的距離，多少年來她努力適應著，但還是適應不了。現在說出的話已然收不回了，她不禁臉紅起來。直到這時，彥成才發現沅青竟是這樣的美！

在他看來，這年輕的女畫家頂多只有三十歲，卻有著這樣可貴的成就。最令他感動的，她不像那些唯利是圖的藝術家，竟放過這個儘可辣辣地敲他一筆的機會，只為感於他的特別欣賞與執著，而把自己最喜愛的作品無條件地送了給他。這太使他欽佩了。他覺得人品加上畫品，才構成真正的藝術價值，而沅青不愧是個真正的藝術家。

臺北的地方究竟不大，畫展完畢以後，在一個宴會裡，彥成又與沅青相遇了。為了一幅「元夜」，彼此都曾留下不可磨滅的好印象，因此當人們翩翩起舞時，他倆卻來到陽臺，趁著夜涼如水，談了許多事情。本來沅青在藝術上的成就，彥成早就知道，那次參觀畫展，原是慕名而往。也曾聽這兒的主人說起，這年輕女畫家的丈夫在美國，但從未回來過，她也從沒提到過，而且孩子跟她自己姓靳，顯然這些都是婚姻不幸的表徵。

因為沅青三兩天內就要回到高雄，而在回去以前的時間，幾乎都被約會填滿了，所以她不能接受彥成的邀請，但她答應回高雄以前去看他。

性情暴躁的彥成，這幾天出奇的溫和，僕役、大司務、司機，都覺得他變了，容易服侍了。他自己也忽然覺得天地間是有上帝，而當年愛人的投向別人懷抱，是出於上帝的意旨。他孤獨地活了十幾年，只為期待一個人——靳沅青。何必否定這假設呢？當年的愛人，徒具漂亮的外表，如今的靳沅青，更兼有美麗的靈魂，她使一切皮相的美麗都失了光彩。

「哦，別想入非非了，她會喜歡我嗎？會接受我的愛情嗎？」對於第二個問號，他沒有信心，可是對於第一個問號，他理智的答覆是肯定的。

然而五天過去了，沅青始終沒有來，卻來了一封道歉的信，她已回到高雄了，原因無非是時間倉卒等等，但她相信後會是有期的。信末並且再謝謝他對於她作品的欣賞，雖然她把「元夜」留在臺北了，可是彷彿比帶回高雄更為快樂。

彥成不願讓命運去安排他倆的「後會有期」，卻準備自己來創造命運。他到高雄去了，那是一個月以後的事，為了希望時常有機會接近沅青，他在那邊籌設了一家規模宏大的製冰廠。

他常去看沅青，並且一談就是半日，他對藝術的見解，使沅青驚詫而又欽佩。沅青家裡堆著許多的畫，每次都要拿一些出來給他品評一番。在沅青，不過是藉此找些題材跟客人聊天，可是他所指出的優點和缺點，居然大部份在原則上都和沅青的看法一致，這常使沅青奇怪他那個和常人一般大小的頭顱，倒是裝了多少東西在內？世間的事，沒有比心靈的接近更令人欣悅的了，但也沒有像彥成的慇勤更令沅青煩惱的了。

「童先生，我常想留你在我家便飯，寧兒這孩子也最喜歡客來，他實在太寂寞了，可是家裡沒有一個男主人，真不方便，因此……」一次在咖啡廳裡，沅青艱澀地吐著她的苦悶。

「因此怎樣呢？」彥成興奮得心直跳，他還沒懂得她真正的意思。

「因此就一直沒有如願。所以我的朋友雖然男男女女很多，但為了沒有男主人……」沅青又止住了，她有點傷感，更由於不易措辭，她覺得語言這件工具，真是天底下最笨拙而不易使用的。聰明的彥成倒已會意了，他用眼睛告訴她，他已明白一切。

「沅青——」沉默了好一陣，彥成才大膽地這麼輕輕喚了一聲，看見對方雖然竭力掩飾自己的驚詫，卻也沒有甚麼反感，便索性把手覆在那隻擱在茶杯旁邊柔軟如綿的手背上道：「若你家裡有男主人，也許我倒不會來得這麼勤快了。你大概不知道，這座冰廠實在是為你而設。」

「啊？」沅青再也掩飾不住了。

「也沒甚麼。」他淡然一笑，把沅青的驚詫輕輕掃開，卻含情注視那雙世上最美麗，可是沒有戴上任何飾物的纖纖玉手，他說：「若這雙高貴而又巧妙的手能屬於我，一座冰廠又算得了甚麼呢？」

沅青低下了頭，只覺頭很重，臉很熱，幾乎不能支持，過了許久才道：「我說，童先生，我說……唉！」

彥成灼灼地望著她，她有些惱了，他卻直想笑，他發現她在待人接物的態度上是個成熟的婦人，可是遇見戀愛問題橫在面前時，卻十足是個稚氣的少女。

「我說，還是不談這個吧！」她茫然站了起來，想走。

「不，我希望談談。」

「不，我希望回去，我有些頭痛。」

「但你還沒有給我答覆呢？」他知道頭痛是逃避的藉口，不過這逃避不一定是出於厭惡，還是猶豫的成份多些。

「不要難為我吧，容我慢慢地想一想。」

這對於沅青的確是太突兀了，雖然這些年來，轉她念頭的男士並非沒有，但決沒有一個像彥成這樣大膽，這樣劈面刺來，簡直沒有招架的餘地。別人那種轉彎抹角的試探，她可以很從容地，早在形勢尚未緊急之前，示意對方知難而退，可是對於彥成，自那天分別後，她一直心亂如麻。很久很久以來，「愛情」這兩個字在她的字典裡，早被蠹魚蛀掉了。

按理，她若真的已如太上之忘情，也就不會「心亂如麻」了，這是如何「亂」起來的呢？她自己解答了這問題——與其說她是屈伏於彥成求愛的方式，毋寧說她實在早就佩服彥成，喜歡彥成，因此當她嘴上還不肯不肯的時候，心裡其實已經肯了。

然而，事情果真像「肯」與「不肯」的答覆那樣簡單嗎？已經讀初中的寧兒，都快長成一個少年了，還有愛她如己出的婆母。戀愛，終須結婚，寧兒與婆母跟去呢？留下呢？他們將以甚麼樣的觀感看這位母親或媳婦再嫁呢？學生們又如何看這位老師再婚呢？尤其在社會上，她已有相當的地位，不是一個隨隨便便的人了，朋友們的批評又如何呢？輿論又如何呢？……這些問題，彷彿一個一個膨脹的汽球，一個比一個膨脹得更大，到後來連她自己的腦袋也成了汽球，幾乎膨脹得快要爆炸了。

於是她轉而埋怨命運的播弄，都是那幅「元夜」惹出來的麻煩。

像一隻夜航慣了的孤舟，很久以來，她已安於這種生活，忽然發現一艘燈光燦爛的郵船向她打著旗語，那燦爛的燈光，又給她帶來種種輝煌富麗的夢想，再度引起她對幸福的陸地的嚮往，但為了種種顧忌，她不敢攏過去。

強自壓抑的痛苦煎熬著她，青春的火燄卻熊熊地燃燒了起來，她承受不起，病了，彥成來看她，她躲著，可是他剛走，她便寄了一張紙條給他——「請別再來找我，也許有一天，我會來臺北看你。」

＊＊＊＊＊＊＊＊

暑假已殘，快開學了，沅青當真找個藉口到臺北去了一趟，帶著她清瘦的新愈病體。不管有多少理由阻止她去看彥成，但生命是如此短促，她已在上半生虛度了許多年華，她覺得也再沒有理由儘這樣折磨自己了。假使有百萬雄師橫在面前，這百萬雄師可以毀滅一個倡亂的國家，卻攔不住一片飢渴的愛情。

彥成也憔悴了，他也剛回臺北。在他回到臺北之前，雖然不曾去找沅青，卻常在沅青的住宅附近徘徊又徘徊。在那一時期，他幾乎把所有的事情都擱了起來，像這種愛而不見的心情，真是他有生以來最痛苦的體驗。

他們相見後的日子簡直是感情的大開鬧，痛苦與快樂常是成正比的，短短十天的相聚，也是彥成有生以來最值得懷念的體驗。人在愛情中沉醉時，往往肆無忌憚，勇敢極了。對沅青來說，甚麼寧兒、婆母、朋友、社會、地位、議論，都被遠遠的扔在腦後，她有的只是歡樂的今天。

歡樂的光陰從他們舞步的迴旋中飛過，從他們游泳的微波裡流過，又從他們划船的槳上帶過，更從他們相對無言的默契裡溜過。

當兩情相悅至於難分難解，結婚對於他們又是渺不可期時，彥成說：「讓我們遠離這討厭的人群，到一個靜靜的地方去玩兩天吧？」於是他們看上了幽僻的八仙山。在亂山環繞裡，乘著蹦蹦車滿山奔馳，有時蔭翳蔽空，馬達聲中微聞蟬鳴；有時碧天如海，崖上蔦蘿款擺腰肢。車駛過處，時有斑鳩從草叢裡吃驚地拍翅飛起，在他們前後用雙翼劃著大圓圈。絢爛的陽光，更為所有的綠樹清溪披上一層閃爍的金色面紗，谷中的野花在微風裡向他們含笑點頭，不時散著醉人的馥郁，令人恍如置身仙境。

小小的一節蹦蹦車，除了前面的司機，只載著她和他，這使她想起兒時讀的童話，一個美麗的公主和她心愛的王子，駕著兩匹駿馬拖曳的金馬車，漫遊童話的王國。那天她穿著絲質的西服，淺藍上衣微露豐腴的酥胸，頸上繞著晶瑩光潔的珠鍊，繫一條細腰寬襬的綴著花邊的黑紗長裙，她從來沒有這樣打扮過，時間彷彿倒退了十年，她覺得自己可真有點像公主了；但英俊而又雍容的彥成卻更像一個年輕有為的王子，她不禁柔媚地笑說：「人在幸福中時，真希望閏年、閏月、還要閏日！這滿山的豔陽太可愛了，彥成，不要回去了，就坐著這輛金馬車讓我們無休無止地追著太陽前進吧。」

但他們還是在豐原分手了，一個往南，一個往北，老天也像故意使離人難堪，山上還是晴明如畫，登車竟已密雲欲雨，魂斷欲絕。這時沅青才驚覺：秋深了，幸福的日子已過去了，此後她必須以十倍百倍的痛苦的想念，來償還這幸福的代價。

在歸去的車上，沅青幾乎想順從彥成的要求，決定還是結婚。然而社會太複雜了，牽動的關係也實在太多了，雖然她也見過，有些所謂貴婦人的歷史簡直一塌糊塗，但她們儘管朝秦暮楚地嫁過三次五次，只要自己挺得住，不在乎，別人照樣尊重她們，恭維她們。可是沅青不行，她總覺得自己不是那類人物。況且但使兩心不移，又何必定要結婚呢？假如婚後像志新一樣，又何貴乎結婚呢？

她癡心地以為情人倒可能比丈夫更長久，她需要愛情，但她不敢也不願結婚。

彥成願意如此拖下去嗎？恐怕連他自己也不知道，誰能料呢？每當她提起這疑問時，彥成總是笑而不答，這是她認為他既可愛又可恨的一點，但也無可如何。她把寫好的信箋又慎重地藏好，幸福的酩酊，現實的恐懼，在沅青的心裡劇烈地拌攪，直到她入夢。

她做了許多奇怪的夢，夢見她與彥成並坐觀劇，他在她頸上深深地吻了一下，卻被正巧坐在後排的婆母看見了，醒來之後兀自喘著氣，她想：「不會的，大庭廣眾之間，他怎會吻我呢？」於是又強迫自己安心入睡，忽又夢見自己被人劫走，她大聲驚呼，抬頭一看，原來劫她的是彥成，正托著她的下頦，溫存地朝她審視，她捧著胸口歎道：「你怎麼這樣捉弄我，彥成，可把我嚇死了！」

「沅青，你做惡夢呢。」沅青更嚇出了一身冷汗，這番才看清楚了，那有甚麼彥成？托著她下頦的是婆母，她自己正跌坐在床上。

沅青的婆母是志新的繼母，受過師範教育。在學校中時，她是相當優秀的教員，許多頑劣的孩子都在她春風化雨之下就範了。但志新，這前妻的獨子，不知是被丈夫寵壞了呢？還是晚娘可惡的成見在他心裡築下一道鴻溝？她和志新母子間的感情就一直不融洽。志新成年以後也只維持了表面的禮貌，也許他對待同學的母親，倒比對待自己繼母多三分人情味。

因此丈夫一死，她立刻自食其力，搬到學校裡一住五年，直到志新結婚了，又出國了，懷孕待產的沅青需要她的照料，幾番懇求，才把她接回來。她本來跟沅青說好，等寧兒可以交給佣人，或志新將要回國時，她仍舊回到她的工作崗位。她來，全是看在沅青面上，她實在很喜歡沅青的。

沅青從小失去父母，很嘗過一些殘羹冷炙，她能勉強完成專科教育，全靠舅父的支持。她是在舅母的嫉恨的眼睛裡長大的，如今她看這位婆母，實在太好了。她不知甚麼叫「母愛」？但假如有，大概就是婆母待她的這份感情吧？因此雖然志新負她，可是每一想起由於志新的關係，使她找回了失去的母愛，便覺總算不幸中之大幸，也堪慰平生了。寧兒從牙牙學語，便一直跟祖母的時候多，他不像沅青的長子，倒像沅青的弟弟，祖母的么兒。

志新的背叛家庭，婆母是完全無能為力的。她也常在沅青面前深深自責，幹了半生教育，竟教不好一個名義上還算是自己的孩子，以致讓他這樣害人。她的立場很尷尬，左也不是，右也不是，勸媳婦離婚不是，勸媳婦守活寡更不是，她只能這樣暗示：她的繼續留下，只為愛與同情，但決不願成為媳婦的牽累。

可是十幾年竟這樣過來了，沅青還是沅青，始終離不開她，這倒是她當初所沒料到的，可是也沒料到在自己垂老的時候，沅青倒起了變化。她不是獃子，她早覺得媳婦從上次在臺北舉行畫展歸來就有些改變了。這次回家更是失魂落魄，大做惡夢。

老年人的睡眠本來少，回到床上便索性睜著眼睛等天亮，她想，假如媳婦真有了意中人，是應該結婚的，三十多歲，雖說不年輕了，也還是中年的後生呢。不過她的地位也許不容她隨便嫁人了，但那是她自己的事，由她自己決定吧，問題是做婆母的，應如何安排自己？還有寧兒？

她想，假如沅青要結婚，她絕對不能跟去，一個婆母不能管束自己的兒子，卻跟著媳婦轉嫁，那是不可想像的事。那麼，她又到那兒去呢？老了，身體也不行了，舊日的朋友同事都星散了，連睡覺都認床了……以前那種獨立生活的勇氣如鳥的雙翼，在籠裡關了十幾年，已經伸不開了，她第一次感到信心的喪失！

或者最好的辦法，還是讓她跟寧兒仍舊住在這兒，寧兒跟她雖然更寂寞，可是跟母親去也未必幸福。至於沅青，不管去海角、去天邊，讓她去，只盼她能時常歸來看看。想到這兒，又不禁有些心酸，十幾年來，她與沅青的關係雖是婆媳，可是不幸的遭遇，深厚的同情，互相的關切與照顧，已在她們之間產生了母女的感情，她婚後無子息，事實上也早把沅青當女兒看待了。

若跟自己女兒有何不同，那便是在語言上究竟還隔著一層——她將如何向沅青表達這些意念呢？沅青這般痛苦，必然也包括對她的顧忌在內，但沅青把自己的痛苦包藏得這樣嚴密，誰也不許觸它一下，她除了裝傻，甚麼辦法也沒有。

一清早她就出去買菜了，菜早買好，卻在離菜場不遠的一座教堂裡儘自跪著，她怕看見沅青，更祈求主的庇護，主能賜給她智慧，讓她妥善地應付可能即將來臨的家庭的變局，並且希望不管變與不變，她要沅青快樂，寧兒快樂，大家都平安。

沅青剛盥洗完畢，寧兒已由下女照顧用完早點，拿著釣竿告訴媽媽要找小伴釣魚去：「媽，你也去，好不好？」寧兒的笑容彷彿是沅青的翻版，甜極了。從這甜蜜的笑容裡，她照見了自己的美麗。雖然有些頭暈目眩，但想著自己久已疏遠了孩子，她應當分些時間給他，便道：「好，我吃過點心就來，你先去吧！」

眼望那結實矯健的小背影沒入樹叢，卻忘了早點，儘自發怔。她又想起昨夜的惡夢，腦子裡轉來轉去都是彥成、彥成、還是彥成。最後她實在想扔開了，卻又扔不開，只好讓彥成分擔她的憂悶，於是在陪寧兒垂釣之前，她草草地完成了那封還未寫完的情書——

昨夜懷著滿心的想念上床，不能入睡，十二時又起來繪畫，藉遣愁懷。畫成後倦極歸臥，終夜為夢魘所擾，早晨六時便又醒了。彥成，回去以後好嗎？這如癡如醉的想念真不知如何解脫？我一向愛清潔，可是到今天還不肯換去那天的衣服，為它帶著淡淡的煙草味，恍惚你依然在我身畔。走筆至此，淚珠盈睫，彥成，我也常想為何自苦乃爾？分別四十八小時不到，我從一個精神飽滿的人變得頹唐不堪，真是天若有情天亦老呵！

****

學校開學了，沅青接受一部份業餘學生的要求，更為著設法填滿自己的空閒時間，免得這樣日夜苦苦想念，她在日間授課的時間外，還在離家五里許的一條街上租用一間小樓，成立畫室，每天晚上到那邊去教兩小時的素描。

彥成又到高雄來時，畫室已籌備就緒，就要正式開課了，他念沅青擠公共汽車之苦，定要給她買一部小轎車，沅青苦笑道：「我如何向問起的人解釋車的來處呢？」接著又坦然道：「本來以我自己的能力，買部自備三輪車倒也不是辦不到，但我要因此多管一個人，太麻煩了，我喜歡簡單自由的生活。」彥成同意她的見解，也佩服她的精神，便每晚去畫室看她，並且陪她擠公共汽車，送她回家。

「你還是不要來吧，像這樣每天伴送，給人看著怪不好的。」沅青怕得很。可是彥成真的不來了，她又時時希望他會奇蹟似地出現在畫室門口。

來既不好，不來又不好，最後彥成想了個辦法，為掩護自己的身份，也為好玩，他成了畫室裡的學生之一，經常在小樓上畫素描，並且認真地畫。

他太聰明了，一個從未拿過木炭條的人，只因做學生時畫過幾張機械圖，加上平日對於攝影的心得，竟能畫出相當水準的素描來。除了筆觸的稚氣與淩亂外，從那準確的輪廓，複雜的光影裡，若教一個外行人去看，決不會相信這是初學的成績。

就這樣讓彥成臺北高雄之間來來回回地跑，要見面只有在畫室中。西子灣不敢去，愛河更不敢去，因為沅青在高雄住了很久，熟識的人也很多，惟恐撞見這個，遇見那個，以前彥成初到高雄時，還坐過兩次咖啡廳，如今卻連咖啡廳也以不去為妙了。直到學期將告結束，沅青有一次拗不過彥成的意思，才一同出去吃了一頓豐美的晚餐。

沅青有時也苦悶地想：這樣既不嫁，又要愛，將拖成甚麼了局呢？有時又浪漫地想：何必要了局呢？我們看電影，最掃興的不就是銀幕上那個又白又大的「完」字嗎？

一個週末晚上，許多學生未來上課，兩個經常週末也來的，又提早回去了，小樓只剩沅青和彥成。沅青又想到那浪漫的看法，便笑著說出來問彥成感想如何？

彥成覺得很有趣，覺得她的頭腦簡直是錦繡織成的，立刻動情地吻了她一下道：「也許因為我從另一角度去看人生的緣故吧？沅青，你將從一切持續的關係中，見出婚姻的平淡，其他一切也會歸於平淡，可是婚姻卻有一件東西是在別的關係中所不能獲致的——那就是一種安全感。沅青，我們還是結婚吧，」彥成更熱情地握住沅青的手道：「你對文學的修養比我好，一定也知道『愛情』兩個字是相連的，有『情』沒有『愛』，這愛情是肉慾的；有『愛』沒有『情』，這愛情是空洞的。所以若我們不能在生活上取得一致，這愛情……哦沅青，答應我結婚吧，也許我的見解很俗，但我是一個人，我有我對生活的憧憬，像這樣高雄臺北之間經常來來回回的跑，只能算是過渡的現象……」

可是像穩拿住丈夫愛情的妻子，沅青竟未體會到彥成苦悶的心聲。

有一天，她給畫室中的學生海玲改畫。

海玲是她最得意的學生。以前學過畫，現在臺南一個學校裡管理圖書，工作之餘，常以繪畫消遣，由於母親的鼓勵，更積極進修，每星期到高雄來上沅青畫室裡的課。

假如把世上好看的女人分成三類：一、乍看甚美，越看越不美。二、乍看不很美，越看越美。三、乍看甚美，久看更美。那麼沅青屬於第二類，海玲卻屬於第三類。

沅青從第一次看見海玲便衷心的喜歡她，為她敏慧好學，更傾倒於她的美麗。熟了之後，沅青曾打趣過她：「你自己本身便是上帝的傑作了，何必再去學畫呢？」

因為在圖書館裡工作，海玲的書也看得很多，談吐極風趣，但並不饒舌。她坦率、熱情，而且總是那麼活潑、快樂。所以日久之後，沅青便跟她不像師生而像朋友了，她們來往很密，有時海玲一星期來兩次，聊起天來甚麼都談。

那天一面改畫，一面又談起宗教。海玲是個領了洗的天主教徒，她勸沅青信天主，沅青笑說：「我的婆母也是教徒，也勸我信教，不過海玲，我倒要問你，假如愛情在地獄裡而不在天堂裡，你將何去何從？」

「那我寧願進地獄！」海玲毫不思索地天真的回答。

「但你剛才還勸我進天堂呢，可不要一隻腳在天堂裡，一隻腳在地獄裡呀！」

海玲笑著把頭一偏，代替她的答覆繳了白卷。沅青所以要這樣調侃海玲，因為那天她給海玲改的一張畫，是大貝湖附近的風景。一片均勻碧綠美得像絲絨鋪成的草地上，開著各色各樣絢爛的花朵，在一株亭亭如蓋的大樹下，一雙情侶正親暱地並坐在長椅上。女的在寫生，一看便知是海玲自己，那丰神俊美的男士，正微笑地看向畫布。

沅青一面改，一面說：「近處畫得很好，遠景應再退後一些，才能更顯出這片草地的美麗。」話題既又轉入嚴肅，便不再說笑了，一個仔細地改，一個專心地看，那是暮春的一個星期日午後，彥成去臺北未回，畫室中只沅青和海玲，不說話時便顯得靜極了。除了窗外偶然一兩聲鳥叫，連歎息都會驚破這無邊的沉寂。

沅青將畫改改，又退後看看，再改、再看、再想，忽然心往下一沉，她問海玲：「誰是那幸運的男士？」

「有一天你會知道的，老師。」海玲有點害羞。

「為甚麼？」

「他也是你的學生。」海玲背過身去。

沅青手上的畫筆跌了下來，雖在無邊的靜寂中，這無聲、無形的一擊，卻宛如山崩地裂，她久久不能出一語，聰明的海玲立刻覺得了，也明白了，但懊悔已來不及了。慚愧、惱恨、嫉妒、驚駭……種種情緒交攻著她，使她不知所措，那沉悶的靜寂使她感到窒息，她想逃，但又怕沅青昏倒在畫室裡，只得走上前去扶沅青坐下道：「老師，你不舒服嗎？」

這時沅青的臉色才轉過來，吃力地回答：「也許有點貧血吧？不要緊，休息休息就會好的，這畫讓我慢慢改，今天你先回去吧。」

海玲走後，沅青還在畫室中停留了很久，因為除臥室外，只有獨處這間畫室之內時，她的思想才可以自由活動。但是她的思想彷彿癱瘓了，她不但不能思想，甚至不知自己是否依然活著，八仙山的幽谷，碧潭的微波，夜涼如水中的私語……似乎都離她很遙遠很遙遠了。

天色已暮，寧兒找到畫室中來，她才驚覺起身，她不知自己是一世紀以來便坐在這兒呢？還是只在這兒耽擱了半日？她答非所問地，強自地鎮定撫摩著寧兒頭頂，帶他回到家中。

她沒進晚餐，推說頭痛先進臥室了，躺在床上，她有一種混混朦朦的感覺，甚至想不起自己因何而弄到這樣難堪？她的靈魂彷彿隨著那些逝去的好日子在逐漸遠離她，丟開她。她害怕了，她想：「讓我痛哭一場也許好些。」

然而她哭不出來，也許是淚腺被週圍的壓力給制住了，她甚至沒有流一滴眼淚，誰會同情她的悲哀呢？

惟其連分擔她悲哀的人都不會有，她就更加痛苦到極點。每當她痛苦至於昏亂時，便坐在畫布面前，因為只有在她拿起畫筆之頃頭腦是清醒的。她到這時才悟到藝術的最崇高的價值，才了解貝多芬曾經說過的話：「若不是還有許多痛苦要譜入樂曲，我早就自殺了！」

兩天以後，彥成到高雄來了，下車便來畫室看她。那是一個春雨迷濛的晚上，畫室內不見一個學生，只見沅青怔怔地站在一幅油畫面前，驚覺有人，才回過身來，一看是彥成，像觸了電似的又是一驚！

「沅青，嚇壞你了，是我呀！」彥成上前緊握住她的手，說話的聲音永遠那樣親切動人：「怎麼一個學生也沒來？噢，你的臉色蒼白得很，也瘦了，身體不好嗎？」

「這兒昨天就結束了，因為我想暫時離開高雄，換換環境。」沅青慢悠悠地，眉宇間帶著憔悴的憂鬱，更顯出一種莊嚴的美麗，不等彥成驚問原委，她接著便說：「你來得正好，這幅油畫請你帶給海玲，並且告訴她，我——」沅青說到這兒，忽然覺得喉嚨裡被甚麼堵上，再也說不出一個字來，只得把頭偏向窗外。窗外甚麼也沒有，只幾根纖弱樹枝，撐住一角暗沉沉的天空。

彥成這時才看清楚，那幅油畫是他與海玲遊大貝湖的寫生，畫的時候，只有他一人在畫裡，而且海玲將他寫入畫裡，本來只為給風景添些盎然生意，所以也並未畫得怎麼太像他，但不知甚麼時候——一定是歸來之後，海玲把自己也加上去了。

「沅青，我對不起你！」彥成平靜地說，他早想找個適當的時機把這事告訴沅青，倒也並無秘密被揭穿的窘態，但內心仍非常的激動，他說：「我心甘情願地準備接受你任何責罰，不管有多難堪，我一定逆來順受。」

「不，我沒有權利責罰你。」沅青回過頭來，已經滿眼是淚，聲音顫抖著，輕得幾乎只有她自己可以聽見：「即令你是我的丈夫，我也不會責罰你。我曾寬恕一個人，已寬恕了十四年。」說到這兒，沅青感懷身世，不禁掩面而泣，為何天下的男子都是如此無情義？只是對於彥成，她始終不相信她是遇人不淑，他到此刻對她也還是這樣好，可能兩個都有錯，甚至錯的是她自己。但現在她已不願追究這些，擺在面前的慘痛事實是彥成已屬於海玲了。

「沅青，」過了很久，彥成才又喚了一聲，痛苦地，額上的青筋都暴了起來。沅青的寬恕，更加重他的內疚，論兩心相印之深，究竟海玲仍得輸給沅青。他拿過沅青一隻手，放在自己掌心裡輕

輕揉著，彷彿正在盤算一件大事，他說：「我們還是到日本去吧，帶著媽和寧兒。」

「海玲呢？」

「……」彥成苦笑著搖搖頭。

「還有你的事業呢？」

「那倒無所謂，從頭再來！」

「噢，不可能！到日本去，靳沅青就不是靳沅青了嗎？」沅青又哭了，她若有勇氣跟彥成私奔日本，何如結婚還冠冕些？而且很明顯的，彥成是已經愛著海玲了。

雨聲淅瀝，春意闌珊，夜風捲著窗幃，小樓上顯得蕭瑟異常，一切繁華的夢，甜蜜的夢，綴滿銀色的星光與紫色的花朵的夢，似乎都不能與這小樓引起聯想了，只聽見彥成的歎息。

彥成的心也亂了，他不願把一切推給沅青。海玲確是他有生以來遇見的最可愛的女子，但天下事很少是一個原因給形成的，他要結婚，而沅青卻有她自己的一套想法。有時他也不免失望，為了沅青，他從未吝惜自己的一切，他不是暴發戶，他的成就得自一點一滴心血與精力的結晶。而沅青卻不肯為他犧牲一些浮名，她在感情上愛著戀人，而理智上卻是事業為重，她把「靳沅青」這三個字看得高於一切。

現在見沅青又痛苦一至於此，他才發現無論走向沅青也好，海玲也好，這一輩子，他在感情上將終身背著一個沉重的包袱。自他在事業上得意以來，似乎從未遇見不能解決的難題，而眼前這個難題，卻像被防腐劑製過的標本，永遠存在，永遠無可改變，除非他閉上眼睛糊里糊塗地混過，否則他將永遠痛苦地面對著它。

「彥成，不早了，我要回去了。」還是沅青站起身來，友愛地握著他的手：「畫請你拿著，海玲是個好女子，她用功、長進，你告訴她，我……還是喜歡她。」沅青悽涼地微笑，眼睛裡閃耀著淚珠，這令人心酸的笑容，使彥成在沅青走了幾天之後都還不能淡忘，也許一生都不會淡忘。

她拒絕他伴送，他執拗地跟著，可是她站住了，臉上顯出一種不可侵犯的莊嚴。他只得佇立在細雨如絲的街邊，癡癡地望著她那穿著黑旗袍的窈窕身影，在幽暗的街燈照映下漸漸沒入濃黑的夜色中。

第二天晚上，彥成還想去畫室看沅青，可是剛走出冰廠，工役便遞給他一封信，沅青寫來的——

彥成：

當你看見這封信時，我已離開高雄了，我去的地方不想告訴你，也不必告訴你，但我會照顧自己的，你儘可放心。

是甚麼使我們陷於這樣的境地呢？親人與盛名的牽累？現實與內心的矛盾？……但無論如何，在海玲那美麗的光彩照射之下，的確無人可以抗拒；踏著淒涼而又孤獨的影子，昨晚歸途中懨懨欲病，我想哭。

海玲，我喜歡她，我對任何一個學生都不及對她期望之切，想不到她竟成了我的情敵；不過，我雖痛苦，仍無怨尤，因為我現在也還是喜歡她。她的天稟極高，前程未可限量，但人在滿足的幸福中往往不想創造，願你轉告她，我希望她是一個例外。

至於我，在人生的途程上經常和自己鬥爭，靈與肉的鬥爭，神性與魔性的鬥爭，世俗的我與原來的我鬥爭。彥成，我在這種鬥爭裡早被砍殺得血肉模糊，而且誰勝誰負，就從未見出分曉，我只能說有時任何一面會佔上風而已。就為這，我原想演喜劇，卻不幸被迫做了悲劇的主人。

現在我必須暫時離開這個城市，因為它載著我許多生活的習慣，生活的情調，而現在這些習慣與情調都中斷了，幻滅了。尤其在我住處附近，有一爿風趣的商店，從早晨直到夜深，日夜電唱機放送著動人的音樂，日間被市聲所掩，還不怎麼覺得，可是一到夜深，便清晰地傳來枕畔。從那美妙而熟悉的旋律中，我想起我們的定情之夕，你那雙俊美而又深沉的眼睛，曾使我願將自己的一生都埋葬在裡面……。這悽豔婉轉盪氣迴腸的音樂，曾經是幸福的歡唱，現在卻成了生命的哀歌，每夜每夜，一遍又一遍地，彷彿無數的小蛇在囓蝕著我的心，使我長夜不能入寐，彥成，若我再不離開這兒，我將變成癲狂。

此刻痛定思痛，覺得人生實在乏味，而宗教、藝術、愛情，無非都是自己欺騙自己活下去的手段。宗教太空洞，令人無從把握；愛情使人疑是真實，卻最飄忽；比較最可靠而且能夠永遠不朽的，恐怕還是藝術吧？

我曾說春天降臨時，我將又做很多的夢——

春天已然悄悄逝去，我的夢卻似一張空白的紙，隨著逝去的春天飄然遠颺。

人們多麼愚蠢，其實就在我寫那封信之前，已經預支了太多的幸福，只那十天的相聚，足可抵償我半生的寂寞有餘，自己不知把握那幸福的剎那，卻在歸來以後幻想著做很多的夢！

不過，我在寫信的當時，便已知道我實在是不配做夢了。彥成，感謝你的賜與，我將滿足地走下這愛情的舞臺，讓銀幕上顯出一個又白又大的「完」字——其實已嫌遲了，這個「完」字應當出現在我們離開豐原，一個南來，一個北往的時候。

後記

這本小冊子，早在兩年前就該出版的，那時先後有兩家書店來邀，只因正值小女出世，沒有時間整理。以後每過一年，便對自己的作品討厭三分。如今又承三民書局相邀，我想，如果再放棄這個出版機會，這本小冊子將永遠不會「重見天日」了。

藏之名山，少浪費一些讀者的時間，本來也不壞，不過，我畢竟是個平凡的人，對於自己的「天才」，並不十分自負，不想寫則已，既要寫下去，「加油」是必需的；而出版，乃「加油」方式之一種。於是我答應三民書局且先讓我整理出來看看。

現在算是可以繳卷了，時間的拖延，對我實在有益，因此我能刷去不少太欠成熟的作品，但仍保留了一篇，那就是〈路〉。

這篇是我在小說方面的「處女作」，以「令怡」的筆名發表於《文藝春秋》。當日所以不肯用真名發表，只因對於自己寫小說的技巧缺乏自信，怕使原來喜愛我的散文的讀者們失望；同時也想藉一個陌生的筆名，去接受客觀的考驗。

結果出我意料之外，它竟得到若干讀者的讚美，有一位還為它在中華副刊撰文評論，很久以後，他們才知道「令怡」其人就是我。這個鼓勵，使我能夠繼續寫下去，雖然今日看來，它在結構與措辭方面，都覺太嫩，至少我自己並不太喜歡它，但為了感謝這些讀者的鼓勵，我仍把它選上了。

其餘九篇，則分別發表於中華副刊、自由中國、今日婦女，以及香港的祖國周刊、文學世界、中國學生週報、大學生活等刊物。其中兩篇童話〈玩具的糾紛〉與〈玫瑰的傳奇〉，雖以小兒女作題材，卻完全是成人的思想。我非常喜歡以這樣的體裁寫作，因為似乎在童話裡，作者更可以暢所欲言，但這仍舊只是一個嘗試。

〈遲開的茉莉〉那一篇，經正聲電臺廣播後，曾獲得聽眾熱烈的反應。當我自己寫的時候，也曾為小說裡面的懿芬哭過，（雖然像所有這本書裡的角色，她只是一個虛構的人物。）只是，在表現的手法上，始終覺得不能滿意，可能因為透過聲音的傳達，使它增加了動人的魅力，不過既然它曾引起聽眾如此熱烈的喜愛，我也就借它作了書名。

〈失去的婚禮〉與〈完〉在今日看來，實在是兩部長篇小說的雛型，我常批評別人的短篇小說道：「題材弄錯了，這題材足夠鋪張成十萬字的長篇小說。」照我看來，短篇小說裡只能包括一個到兩三個重點，不可能把幾十年的故事壓縮在一個萬字左右的短篇小說之內，莫泊桑的短篇小說有時看去簡直就是散文，若違反了這個規格，寫出來的東西便像電影院的情節說明書。

如今整理舊作，才知自己也犯了這個毛病，所不同的，我是把它們分別放在好幾個重點之上。不過《人間詞話》的作者王國維先生曾說：「社會上之習慣，殺許多之善人；文學上之習慣，殺許多之天才。」我非天才，但頗有嘗試的勇氣，它們是否能為讀者所喜愛，以及它們在創作的立場上是否可以站得穩，願讀者與文友們能給我以切實的指教。

四十六年十月廿日寫於臺北

小說創作話艱辛（再版後記）

溽暑逼人中，接蘇雪林先生賜寄近作《讀與寫》一書，內有〈遲寫的書評〉一篇，對拙作《遲開的茉莉》有許多懇切的批評，非常感謝。正好三民書局通知我，「遲」書即將再版，一週之內就要出書，問我有何意見？我說且慢，讓我自己先把這書重讀一遍，並且把所有關於這書的評論文字也重讀一遍，好好地反省一下，看這出書後的一年多，自己對於創作小說有何心得？

記得初寫作時，別的還沒學會，先懂得「敝帚自珍」，其後如果說我真有些微長進，那便是儘管寫的時候嘔心瀝血，一經問世以後，便不再回顧眷戀，這次能有耐性重讀，實在是前輩先生們的批評給我的鼓勵，無論好與壞，至少證明他們對拙作比我自己還要關心。

就在這重讀的過程中，使我發現光陰已把我和作品之間拉長了距離，我對這些文字已有了較客觀的看法，若干當日只知其然而不知其所以然的地方，現在漸能領悟到了。有些話，也許有人早已比我先說了，但在這兒，卻是從我自己的作品印證得來。

寫小說的確不是易事，它必須有故事的成份，但又決不是說故事，假如我們說故事，可以完全用敘述體：「從前有一家人，有三個女兒……」寫小說則不然，你必須為故事造許多空中樓閣出來，為人物造許多無中生有的舉動出來，而且一開始就把其中任何一付場面呈顯於讀者眼前，這裡面的人，你要讓他們談笑、吵架、啼哭、吃東西，讓讀者自己去發現這是一家人，有三個女兒，以及姓名籍貫年齡等等。

而這三個女兒，必須派三個女兒的用場，少一個不行，多一個累贅。就連談笑、吃東西、吵架、啼哭，也必須配合整個情節的需要與進行的氣氛，哭其所當哭，談其所當談，吃其所當吃，笑其所當笑，不容有一字一句的節外生枝，正如毛姆說的：「你在第一頁上告訴讀者牆上掛了一枝獵槍，在以後幾頁中，你必須記得把那枝獵槍取下來。」

把以上那些做到了仍舊不夠，那只是屬於技巧方面的，作者還要把自己的思想與感情放進去，福樓拜說：「包法利夫人就是我！」這才真正是作品的靈魂所在。因此更嘔心血的是人物的創造，書中人物必須有他獨特的個性，就蘇先生提出批評的那篇「完」來說，我也可以學著福樓拜說：「我是沅青，我是海玲，我也是童彥成！」

蘇先生說：「童彥成的社會地位名譽似乎不在沅青之下，沒有甚麼匹敵不過的事，婆母和孩子在現在這個時代裡也好打發，能同居便同居，否則分住就是了。」這只是對一般常人的看法，沅青並不這麼想，因為她曾經在婚姻上失敗，她恐懼結婚，她知道天下多的是掛名夫妻，卻沒有不相愛的情人，她浪漫地希望與童彥成做一雙長久的情人，但這種關係是不容於現實的——其實在現社會中，以這種關係打發日子的人並非沒有，只是想法與沅青不一樣，而且結果在老了之後也仍不得不以悲劇終場。

沅青愛美、愛真，又非常不幸。她對人生幸福懷持過高的理想，卻忽略了人性有它軟弱的一面。彥成卻能面對它，所以他要求結婚，但被拒絕，失望之餘，這才移愛於海玲。人的感情，有時是無法解釋的，若他能在移愛海玲之前先警告沅青：「你再不答應跟我結婚，我就愛海玲啦！」那他就不是「人」了。

當然海玲是個至少與沅青同樣可愛的女子，甚至在有些地方更勝過沅青，因為在沅青以前，彥成從未受過別人，責他輕浮，作者頗感委屈，在我心裡，三個人都很可愛。上乘的悲劇，原找不出一個所謂惡人，男女主角包括所有配角，都值得為他們一掬同情之淚，（譬如最近傳誦一時的原田康子所著的《輓歌》整個劇情進行中，充滿一種無可奈何之感。

作者的使命，當然不在只告訴人們「無可奈何」，不過當她想不出答案時，也只有把男女主角交給讀者去「聽候發落」，譬如〈新生南路的憂鬱〉（若依照對常人的看法，這一對男女主角豈不也是跟自己過不去？既然相愛在先，別嫁於後，重逢又翻然悔悟，女的儘可請求離婚，然後再婚便了，兒女可以帶去則帶去，不可帶去則留下，這情形在現社會中也頗不乏人，但他們不是李毅岑與林芳）。可是在〈完〉裡，我卻為沅青找出了自處之道，讓她在悲劇到來之際，臨難不苟，從容退卻，並且哀而無怨，對海玲，對彥成，依然非常友愛，這是何等胸襟？

雖然有人表示不同意，曾對我說：「沅青太苦了，你筆下的女主角都太苦了，硬把她們塞進現在社會中已經不成問題的問題裡，何苦呢？」我只好苦笑說：「也許我的思想是太落伍了，對於目前這個時代的形形色色，常感困惑，願從人們並不以為是問題的問題中，找出人性的弱點與光輝。一切矛盾之存在，似乎是上天留與人類的考驗，受苦在人的一生裡是容或不免的事，問題在遭遇苦痛時，人們怎樣去迎接它？我不否認我比較偏愛女子，於是我筆下的女主角就苦了，豈不聞哲人有云：『嘗盡苦痛的靈魂才是最美的靈魂？』」

無可諱言，當然我的作品有缺點，那是在初版中就提過的〈失去的婚禮〉，正由於這只是一個聽來的故事，我在故事裡面拚命建造空中樓閣，造到後來，一入陝西便丟了屋基（我沒有去過陝西），當時曾想把它搬到我比較熟悉的地方，無奈為背景所限，只好草草終場。而那篇〈路〉，因為寫的時候對人生還少認識，充滿稚氣與火氣；寫〈湯餅會〉時，便覺手腕聽話得多了。就個人愛惡而言，除了〈遲開的茉莉〉差強人意之外，我還是比較喜歡那兩篇童話體裁的小說，尤其是〈玩具的糾紛〉，幾乎看不出斧鑿痕跡，彷彿經營全不費力，來日若健康許可，願從這方面走一條路出來。

從本文開篇懸出的創作條件看來，我自知距離成熟還有很長一段路，所以寫小說確非易事。不過也有不少東西業已被我把握，而且星光已經在望，容我且再充實自己，只要童心未泯，我會循著這點星光再追上去。

衷心地感謝羅家倫、蘇雪林、歸人、喬曉芙幾位前輩與文友所給我的批評，尤其是蘇先生，早在我散文集《母親的憶念》出版時，便曾慨然為我作序，賜我實厚，如今又因給「遲」書的指正，使我能在文未盡意處，有剖析的機會，使自己有所警惕。更要感謝三民書局，正當短篇小說與散文大走霉運時，冒著賠錢的風險來再版這本小書！

民國四十八年七月一日於臺北

人文叢書系列

【人文叢書　文學類1】

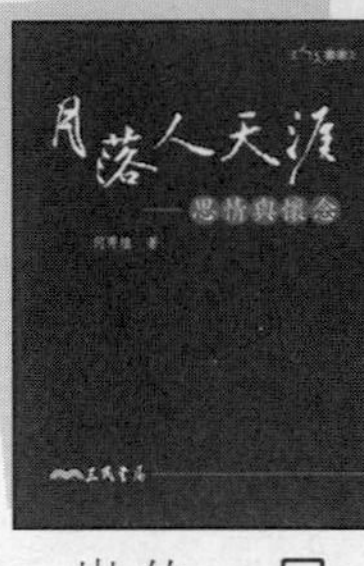

月落人天涯　何秀煌　著

哲人已遠，典型猶在。作者藉由本書的一字一句，刻劃前崇基書院沈宣仁院長的行事風格，細數他的理想堅持，闡揚他的教育願景，充分流露出對沈院長無限的崇敬與追思。

【人文叢書　文學類2】

行與言　桂　裕　著

本書名之曰《行與言》。「行」，指的是作者訪察歐美諸國的見聞隨筆，於行程中參訪各地的司法、教育機構及風景名勝，與當地專家學者多所交流，並將心得感想及收穫形諸文字，對於了解當時的社會概況與今日的法律源流，都有重要價值。「言」是作者論文及講稿的選粹，文中有對中國傳統思想與孔子學說所作的深入評析，也有對言論自由與民主關係的闡釋。全書精闢透徹、含意深遠，耐人咀嚼。

【人文叢書　文學類3】

我與文學　張秀亞　著

「美文大師」張秀亞女士以美善的心靈、細膩的情思、優美的文字寫成這本《我與文學》。它將開啟你的心靈，讓你以新的眼光來看待身邊的一切，進而體會英國詩人華茨華斯所說：「即使是一朵最平凡的小花，也會使人感動得下淚。」

【人文叢書　文學類4】

雪樓小品　洛夫　著

雪樓內有文、有詩、有書畫，是洛夫探索文藝、既自由且愜意的理想天地。多彩爛漫的文人氣息，與窗外雪落無聲的寂靜，形成強烈的對比。洛夫在溫哥華期間，不忘讀書、不忘創作，更不忘品味新生活，本書即為洛夫讀書的感悟與生活的感受。沒有政治或敏感議題，篇幅簡短，雋永有味。讀者可以與洛夫一同讀情詩、詠古人，與洛夫在後院種花蒔草，享受收成的快樂。透過本書與洛夫促膝長談，重新發掘您所忽略的生活情趣。

【人文叢書　文學類5】

弘一大師傳　陳慧劍　著

中國近代藝術史上的奇才，佛教史上的高僧——弘一大師。他的前半生多彩多姿，不僅開創中國近代戲劇的先河，也為音樂教育寫下了輝煌的一章。出家後，斷然放下世俗牽絆，作苦行僧、行菩薩道，以身教示人，再為佛門立下千峰一月的典範。本書成稿迄今已歷三十五年，其間因種種因素使得某些相關資料湮沒不聞，因此，本書再作第三度修訂，加入以往的遺闕，以呈現弘一大師完整的生命歷程。有緣人如能一讀此書，必將為你的生命注入無限的清涼與感嘆！

【人文叢書　文學類6】

愛晚亭　謝冰瑩　著

她是個擁有鋼鐵般個性的女兵，同時也是個喜歡收藏回憶的作家。看她娓娓訴說生活中的點點滴滴，有悲、有喜、有眼淚、有笑容，蘊含著對家國、親人、甚至於自然萬物的熱切情感。她的筆觸活躍而跳動，樸實卻不單調，令人感同身受。無論時空如何變遷，至情至性的《愛晚亭》，仍然值得我們一再玩味。

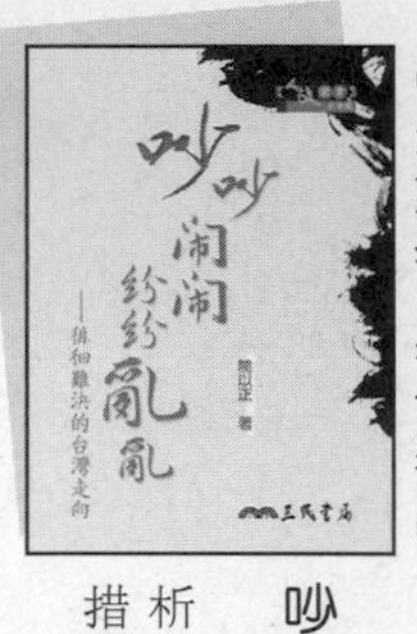

【人文叢書　社會類1】

吵吵鬧鬧紛紛亂亂——徘徊難決的台灣走向

陸以正　著

本書收錄前大使陸以正先生在報端發表的雜感與評論，透過篇篇精闢的深度剖析，直達台灣問題的真正核心，讓我們跟隨大使宏觀開放的視野，一同見證這段舉措不定的歲月。

【人文叢書　社會類2】

從台灣看天下

陸以正　著

「國際情勢正迅速變化中，而台灣越來越追趕不上脈動，勢將難逃邊緣化的命運。」本書作者陸以正先生有鑑於此，以其長年擔任外交官的駐外經驗，對國際新聞提出種種敏銳的觀察與解讀，告訴國人：在國際情勢牽一髮而動全身的年代，我們再也不能自外於這些攸關台灣前途的世界大事！

【人文叢書　社會類3】

台灣技職人的奮鬥故事

吳　京　主持／紀麗君　採訪／尤能傑　攝影

廿一世紀的社會趨勢，講求專業與專精的工作能力，想要在職場上出人頭地，必須有一技在身，而技職教育，正是符合這種工作取向的教育體制。由前教育部長吳京主持編成的這本《台灣技職人的奮鬥故事》，蒐羅全國優秀的技職人代表。這十九位技職人，憑藉著他們的專業知識和奮鬥精神，在職場上都獲得令人敬佩的成就，從他們的傳奇故事中，你將發現人生的另一種可能！

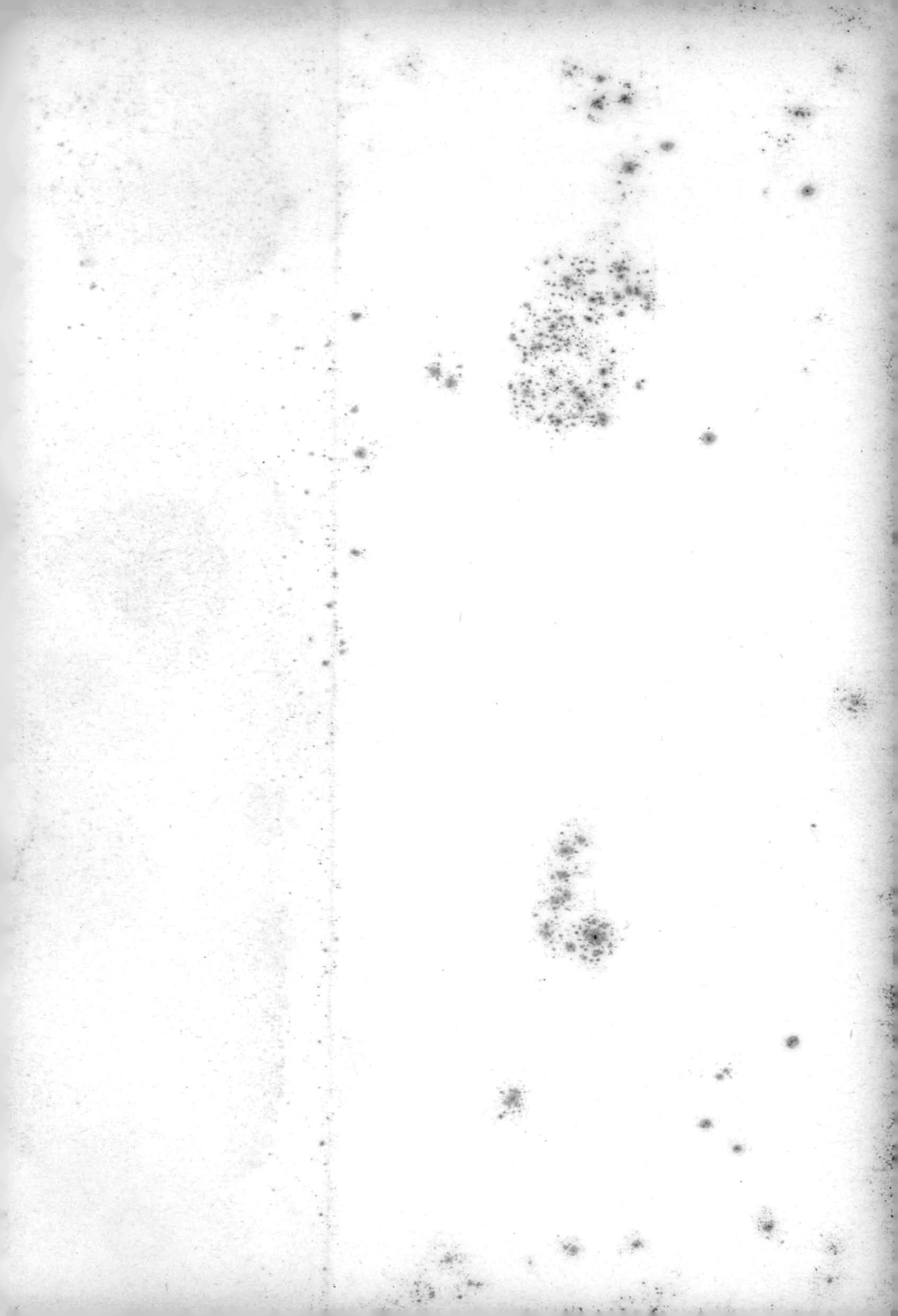